작은 별이지만 빛나고 있어

소윤 에세이

북로망스

" 가끔 지치고 힘든 날 "

2

아마, 사랑이 아닐까 ★ 83

바다 속이었다 / 명중 / 인연이라는 말을 쓴다 / 별이 하나씩 / 그런 사람이면 좋겠어 / 당신만 몰라 / 인생이 글이라면 / 별 보러 가자 / 서로라면 충분하니까 / 그런 친구가 있다면 / 내 편 / 미소 짓는 사람이 되기로 / 사랑을 주세요 / 내 곁에 좋은 사람 / 그곳이 되어줄래 / 공감 / 그것이 사랑 / 너와 함께 있으면 / 당신을 생각하는 밤 / 작은 소망 / 언제나 한결같았던 / 사랑하는 사람을 위해 / 마음껏 / 사랑이라면 / 예쁘게 웃으며 / 오늘도 나는 괜찮아요 / 다정하게 만나자

3

겁도 없이 / 작은 별이 좋아졌다 / 네가 살고 싶은 대로 / 혼자인 이유 / 예쁜 것만 보고 살아요 / 기대의 반작용 / 살아내야지 / 빛나고 있어요 / 감정 쓰레기통이 되지 말자 / 신경 꺼주세요 / 알 수 없는 게 사람 / 흘러가도록 / 내 속에 수많은 내가 산다 / 힘 좀 빼고 살자 / 잘 사는 삶 / 촉을 대하는 자세 / 양면의 모순 / 좋기도 하고 나쁘기도 하고 / 오늘 나에게 필요한 말 / 아주 작은 용기 / 내 선택이 최선이었다 / 가장 필요한 것 / 더없이 / 사람과 사람 사이 / 우리 모두는 안다 / 나를 정화하는 시간 / 나부터 / 내일은 오늘보다/ 그만하면 충분하다

4

당신과 나에게 묻는 안부 ★

당신의 안녕 / 나에게 / 엄마에게 / 당신도 그랬으면 / 삶의
아이러니 / 이상하게도 / 나와 가장 가까운 모습 / 부치지 못
한 마음 / 나 혼자 / 마음만 돌보았다면 / 그럴 것이다 / 나를
달래는 시간 / 눈처럼 / 살아갈 수밖에 없다 / 새드엔딩 / 천
천히 하는 이별 / 그런 시간 / 마음이 마음에 닿는다는 것 /
시간이 지나 알게 된 것 / 모든 인연을 소중하게 / 꼭 그렇게
되길 / 마음에 최선만을 다하기로 / 따뜻한 사람을 만나

" 밤하늘을 보면 좋겠어 "

정답이 없어도
빛나는 게 인생

★

1

작은
별
이
지
만
빛
나
고
있
어

✦

가끔 지치고 힘든 날
밤하늘을 보면 좋겠어

세상에 홀로 남아
아무도 네 편이 되어주지 않는다고 느끼는
외로움이 뒤덮는 그런 날

밤하늘의 반짝이는 별들이
작지만 나도 이렇게 빛나고 있다고
힘을 주고 있을 거야

가끔 괴롭고 울고 싶은 날
밤하늘을 보면 좋겠어

불안한 미래에 우울하고
어두운 걱정이 마음을
울리고 있는 날

수많은 작은 별들이
온 힘을 다해 은하수를 만들어
너를 위한 길을 밝히고 있을 거야

용기가 필요할 때
힘이 필요할 때
밤하늘을 보며 이 말을 떠올려 줘

사랑을 가득 품은 너처럼
꿋꿋하게 견뎌온 너처럼
작은 별이지만 빛나고 있어✦

사랑을 가득 품은 너처럼

꿋꿋하게 견뎌온 너처럼

작은 별이지만 빛나고 있어

마
주
하
기

✦

곰곰이 생각해 봤어요
나를 둘러싼 많은 것들을요.

나는 무엇으로 여기까지 올 수 있었을까.
정말 나의 힘으로만 올 수 있었을까.
정말 나의 의지대로 온 걸까.

돌이켜 보면 지금의 나를 만든 건 내가 아닌 주위의 사람들이 아니었을까 생각해요. 친절한 사람들을 만나 친절해졌고 사랑을 준 사람들 덕분에 사랑이 가득한 사람이 되었던 것 같아요. 싫어하는 사람들로 인해 관계를 정리했고 미움과 괴롭힘을 받고 나서야 사람을 구분할 수 있게 되었어요. 거부도 당하고 예쁨도 받으면서 여기까지 올 수 있었던 것 같아요.

많은 사람이 나를 스쳐 갔고 다양한 감정들이 결국 나를 다스린 거예요.

인생이 늘 행복할 순 없었지만, 불행도 있었기에 행복이 더 가치 있다고 생각해요. 수많은 관계를 만들고 지나친 후에야 지금 내 곁의 소중한 사람들과 함께 할 수 있는 것인지도 몰라요. 그러니 지금의 나를 마주하고 더 좋아해 주세요. 나와 함께한 많은 이들에게 고맙다고 전해주세요.

우리 모두
고생했으니까.
애썼으니까.
기특하니까. ✦

어
떻
게

✦

학창 시절, 마음에 드는 글귀를 만날 때마다 지은이가 없는 글을 더러 본 적이 있다. 작자 미상이나 좋은 글로만 남겨 있는 글들. 한편 으론 지은이가 없는 채 떠돌아다니던 글들이 안타까웠다.

하지만 떠돌아다니던 글의 원작을 알게 되었을 때, 원작보다 작 자 미상의 글이 훨씬 더 공감된 적이 있다. 원작은 군더더기 없이 깔 끔했지만 여러 사람의 생각이 더해져 떠돌던 글이 마음에 더 와닿은 것이다.

그리고 느꼈다.

글을 쓰는 사람도 늘 겸손해야 한다는 걸.
글을 읽는 사람도 언제나 그래야 한다는 걸.

지금 나의 한 문장은
어떻게 돌고 돌아
어떤 문장으로 나에게 소개될까. ✦

지금 나의 한 문장은

어떻게 돌고 돌아

어떤 문장으로 나에게 소개될까

사
는
게
별
건
가

✦

사는 게 별건가
다들 그럭저럭 살고 있는데
나만 슬퍼할 필요 없다

아침이 오면
무거운 몸을
지하철에 맡기고

점심이 되면
그런저런 밥으로

배를 채우고

저녁이 되면
지치고 노곤한 몸을 일으켜
내일을 고민하겠지

다들 흘러가는 것처럼
나도 그렇게 정처 없이
흘러가고 있을 뿐이다

마음대로,
마음먹은 대로 살고 싶어도
그때뿐
또다시 내일을 걱정하겠지

만만하지 않은 인생이지만
그래도 작은 행복은 곳곳에 있으니까

희망 하나 품고
꿈 하나 만들어 살면
가끔 행복도 찾아오니까

희망 하나 품고

꿈 하나 만들어 살면

가끔 행복도 찾아오니까

사는 게 별건가
내 한 몸 틔울 곳 있으면
그리 슬퍼할 필요 없다

사는 게 별건가
작은 꿈이라도 하나 품고 산다면
그리 슬퍼할 필요 없다◆

살
다
보
면

✦

아주 힘들 때 되뇌는 노래 가사가 있다. 뮤지컬 서편제에 실린 곡의 살다 보면 살아진다는 노랫말이다.

무언가 이루기 위해 노력해도 내가 원하는 것은 저만치 멀어지고 잡히지 않을 때, 애를 쓰고 노력해봐도 인연은 이어지지 않는다는 것을 깨달았을 때. 그런 순간들이 내 인생을 채워 나갈 때도 가끔 한 번씩 기쁘고 즐거운 날도 주어진다는 것을 알았을 때. 삶은 사는 게 아니라 살아지는 거라는 걸 알게 되었다.

살다 보면 피해 갈 수 없는 아픔과 고통이 우리를 젖게 한다. 그럴 때 내가 할 수 있었던 건 그저 받아들이는 거였다. 빠져나가려 할 수록 늪처럼 나를 옥죄어 왔기에 빠른 포기가 주어진 삶을 되돌아보게 만든 것이다. 부족해도, 넘쳐흘러도 그저 살다 보면 살아지는 것처럼 살면서 받아들이는 것이 중요하다는 것을 깨우친 것이다.

부단히 애썼다. 무리라는 걸 알면서, 안 될 일이라는 걸 알면서도 매달린 일들도 있었다. 이제는 팽팽했던 삶과의 줄다리기를 그만두고 느슨하게 살아보려고 한다. 여러 개의 나쁜 일 뒤에 한 개의 기쁜 일이 나를 살게 하니까. 살다 보면 더 작은 기쁨이 때로 나를 온전히 위로하니까. ✦

지금,
이
순간

✳

가끔,
과거로 되돌아가면 무엇을 하고 싶냐고
가장 후회하는 순간이 언제였냐고
장난스러운 농담을 한다

과거로 되돌아 간다 해도
지금과 같은 후회를 반복할지도 모른다는
생각은 접어둔 채로

만약

지금의 삶을 반복해 살아야 한다면 어떨까

겪어왔던 슬픔과 후회,
아픔과 고통을 똑같이 겪는다면
내가 얼마나 보잘것없는 존재임을 안다면 어떨까

그렇다면, 아마 나는
과거를 이야기하며 후회하기보다
앞으로의 삶을 희망하기보다
지금의 삶을 다시 생각해 보겠지

과거를 기억하고 회상하기보다
미래로 지금을 놓치기보다
이 순간에 최선을 다하겠지

그러니
걱정은 뒤로하고
내일과 미래의 생각은 멈추고

오늘을 살자
지금을 즐기자

이 순간은 다시 오지 않으니 *

우리 모두 별이에요

✦

혹시 사는 게 너무 힘이 들어 하늘을 올려다본 적이 있나요. 왜 하늘은 왜 내 맘을 알아주지 않을까 하고 원망한 적이 있나요. 아마 밤하늘을 바라보며 힘들고 지친 마음을 스스로 달랬겠죠. 밤하늘 속 달은 저렇게 예쁘게 빛나는데 나는 빛바랜 사진처럼 잊히고 있는 건 아닐까 슬펐을 겁니다.

언젠가 마릴린 먼로의 인생 조언 중 별과 관련된 글을 봤어요. 우리 모두는 별이고, 반짝일 권리가 있다. 그 한마디에 심장이 뛰었습니다. 왜 그렇게 눈치 보며 살았던 걸까. 왜 나를 위해 살지 않았을까. 자신을 아껴주고 좋아하는 일을 하고 살면 반짝이는 인생이 될 텐데, 왜 그러지 못했을까. 스스로 안타깝더라고요.

　멀리서 보면 다 같은 별도 우주로 날아가 가까이에서 보면 모두 다른 모습으로 우주를 배회하고 있을 거예요. 다른 행성들과 적절한 거리를 유지하기도 하고 부딪혀 깨지기도 하면서 오롯이 자신의 모습으로 빛나고 있겠죠. 하늘 아래 모든 사람이 다 다른 것처럼요. 그러니까 애초에 우리는 누구와 비교할 수 없는 유일한 존재라는 걸 잊지 말았으면 해요.

　그런데도 용기가 안 생긴다면 이 이야기를 해주고 싶어요. 별은 산산이 부서져 죽어도 또 다른 잔해들과 뭉쳐 행성이 된다는 사실, 실패하거나 무너져도 다시 빛날 수 있는 존재라는 것을.

　우리는 모두 별이에요. 깨지고 무너져도 또다시 빛을 낼 수 있는 모두가 다 다른 빛을 낼 수 있는 별.

　그러니 힘내요. 빛나요.
　찬란하게. ✦

더
하
고
비
우
기

✦

예전으로 돌아간다고
지금을 허무하게 보낼 것도 아니면서
주위의 사람들을 챙기지 않을 것도 아니면서

나의 세상이 변하지 않는다는 걸 알면서
지난날을 붙잡고 거듭 후회를 한다

과거에 얽매이지 않고
미래에 휩쓸리지 않는 오늘을 살아야 하면서
왜 자꾸 예전을 이야기하며

지금을 낭비하려 들까

지금을 충실히 살아 내자
지금에 집중하자
더하고 비우는 삶을 살자

좋은 생각을 더하면 행복이,
나쁜 생각을 비우면 행운이 오니까
좋은 마음을 더하면 웃음이,
나쁜 마음을 비우면 사람이 오니까◆

지금을 충실히 살아 내자

지금에 집중하자

더하고 비우는 삶을 살자

취
향
차
이

＊

선택 장애가 심해서 내 결정을 남에게 맡기는 것이 편했다. 비난의 화살을 맞을 일도 없고 부담에서 한 발 뺄 수 있었으니까. 옷을 고를 때도 친구의 의견에 더 귀 기울이게 되었고 사람을 만날 때도 먼저 다가와 준 이들과 친하게 지냈다. 그러다 덜컥 나이를 먹었다. 우울한 감정을 쏟아내는 순간이 늘어난 것이다.

음악처럼 내가 좋아하는 작은 것을 찾고 난 뒤부터는 취향이 참 중요하다는 것을 느끼기 시작했다. 남의 결정을 따르거나, 평판을 신경 써서 타인을 위하는 게 아닌 나만을 위한 취향이.

취향이 없을 때의 나는 무기력하고 나약했다. 상대의 결정만을 따르면서 모든 선택에서 물러나길 밥 먹듯 했다. 그러다 문득, 나를 잃고 있다는 생각이 머릿속을 스쳤다. 오로지 타인만을 위했던 행동이 나를 버리는 일이었다는 걸 깨닫게 된 것이다.

우리는 살면서 다양한 선택을 한다. 그리고 그 선택으로 실패도 하고 성공도 한다. 완벽한 선택과 실패한 선택을 반복하고 그것들이 켜켜이 쌓여 비로소 성장한다. 하지만 나는 그 선택을 타인에게 미루고 취향을 잃어버린 채 살고 있었던 거다. 살아있는 삶이 아니라 죽어 있는 삶을 살고 있었던 거다.

나만의 취향을 찾아야 한다. 그 취향은 나를 기쁘게 할 것이다. 내게 선택하도록 할 것이다. 잃어가던 나를 되찾게 할 것이다.

어쩌면 취향으로 인해 조금은 즐거운 인생이 펼쳐질지도 모른다. ◆

얼
마
나

쉬
워

✦

A : 뭐가 그렇게 조심스러워?

나 : 그러게, 왜 그랬을까
　　조금은 무모하고 조심성 없이 살아도 됐는데
　　왜 그리 눈치 보며 배려하고 살았을까.
　　왜 그랬을까.

A : 그럼, 됐네.

나 : 뭐가?

뭐가 됐는데?

A : 이제라도 알았으니까
　　무모해도 돼.
　　조심성 없이 도전해도 돼.
　　그런다고 세상이 무너지진 않으니까.
　　결코 없어지진 않으니까.
　　너는 이미 답을 알고 있어
　　얼마나 쉬워✦

그럼, 됐네

이제라도 알았으니까

얼마나 쉬워

알
았
으
면

✹

자신을 사랑하지 못하는 사람은
사랑받을 수 없다는 것을 알았으면

자신을 믿지 못하는 사람은
인정받을 수 없다는 것을 알았으면

자신을 아끼지 않는 사람은
충분한 가치를 느끼지 못하는 것을 알았으면

타인의 거칠고 폭력적인 말에

아파하고 슬퍼하기보다
미소를 보내는 이의
따뜻함만을 바라보기

타인의 냉정하고 차가운 눈빛에
신경 쓰고 고민하기보다
그 눈빛이 정말 자기를 향한 것인지 알기 전까지
짐작하고 상처받지 말기

타인의 옹졸한 칭찬에
현혹되어 수긍하기보다
나를 바라보는 타인이 되어
스스로 칭찬해 줄 수 있는 사람이 되기

세상은 나를 무가치하게 여길지라도
나는 충분히 괜찮은 사람이니
자신의 가치를 알았으면

내가 충분히 괜찮고
가치가 있는 존재임을 알았으면 ◆

무
엇
이
라
도

⁎

어딘가 자꾸 아프다
계속 탈이 난다

이런저런 핑계로
아무것도 하지 않으니
아무것도 아닌 것보다
못한 내가 된다

종종
하고 싶은 일을 하는 것

가끔은

기대 없이 저질러 보는 것

드문드문

좋아하는 일을 조건 없이 해보는 것

무엇이라도 해보면

무언가는 된다

어떻게든 움직이는 순간

삶은 굴러간다

아무것이 될 것인가

무엇이라도 될 것인가◆

아무것이 될 것인가

무엇이라도 될 것인가

정답이 없어도 빛나는 게 인생

싫
어
해
도
돼

누구든
나를 싫어하는 사람은 생기기 마련이다

관계에서 누구나 겪는 일이고
한 번도 마주하지 않는 사람은 없다

그런 사람은 그냥 두기로 하자
싫어하는 감정을 가진 상대 스스로
피곤하고 신경이 쓰일 테니까

왜 싫어하는지 이유를 찾으려
노력하고 챙기다가
내 시간과 여유를 잃지 말자

누구든
모든 사람이 나를 좋아할 수는 없으니까

고민하지 말자
나를 싫어하는 사람은
싫어하게 두면 된다

나를 싫어하는 사람 때문에
나를 좋아하는 사람을 놓치는 실수를 저지르지 말자

나를 아끼는 사람들을 챙기자
나를 사랑해 주는 사람들에게 시간을 쓰자 ◆

말
하
고

싶
다
면

말
하
는

것
도

✦

엎지르면 주워 담을 수 없다는 물처럼, 말도 신중해야 한다는 이
야기가 있다. 그런데 살다 보니 어떤 말은 내뱉지 않으면 자신을 공
격할 때가 있다는 걸 알게 되었다. 원망스럽고 답답한 말들은 오히
려 입 밖으로 내뱉을 때, 나를 살게 했다.

당시에 하지 못해 속만 곪아갔던 지난날, 내뱉고 싶은 이야기들
이 있었다. "그냥 내가 하고 싶은 대로 할래." "고모가 제 삶을 대신
살아줄 것도 아니잖아요." "제가 원래 그래요."처럼 나를 향해 날 선
질문을 했던 상대들에게 들어야 했던 견고한 방패와 같은 이야기들
이다.

지금은 해야 할 말은 내뱉으려고 한다. 상대를 배려하면서 돌려 말할 때도 있지만, 속으로 묻고 지나가는 것보다는 훨씬 나은 선택이다. 조금은 내가 내 기분을 돌아보고, 내가 나를 구하는 기분이 든다.

나를 찌르는 말들이 가끔은 진심이 아닐 수도 있고, 의미 없는 질문이었을지도 모른다. 상대의 의도를 모를 땐, 짐작으로 아파하기보다 말하고 살자. 침묵으로 곪아 터지지 말고 나를 살리고 보자. 남보다 내 기분을 살피는 게 먼저다.

말하고 싶을 땐, 말하는 게 나를 살리는 방법이다. ◆

내
가
없
는
삶

✦

사람은 누구나 기대하며 산다
날 좋아해 주면 좋겠다고
날 착하게 봐주면 좋겠다고

사람은 누구나 실망하며 산다
절망을 마주하기도 하고
슬픔을 느끼기도 하고

기대 때문에
여러 감정에 휘둘리는 것이다

그리고 이 감정은
타인이 나를 어떻게 바라볼까 하는
생각으로 확장된다

타인이 나로 인해
섭섭하거나 안타까워할까 걱정하고
불안해하는 것이다

결국 기대라는 가면에 가려
나를 잃은 채로
타인에게만 맞추다 보니
나의 시간이 사라진다

하지만
기대에 못 미친다고
삶이 송두리째 흔들리지는 않는다

타인에게 실망감을
섭섭함과 당황스러움을 안겨주면 어떤가

상대의 기대를 맞추기 전에
나의 기대를 먼저 맞춰주자

내가 행복했으면 하는 기대

내가 즐거웠으면 하는 기대

내가 자유로웠으면 하는 기대

내가 행복했으면 하는 기대
내가 즐거웠으면 하는 기대
내가 자유로웠으면 하는 기대를

남 감정 맞추느라
나의 감정을 놓치면 안 된다
남 기대 맞추느라
나를 잃으면 안 된다
내가 없는 삶은 어떤 의미도 없다◆

타
인
의

말
에

상
처
받
지

말
것

✦

　사람이라는 게 참 다르다는 걸 느낀다. 회사에서 상사의 부당함
에 누구는 눈물을 흘리고 누구는 대수롭지 않게 넘겨버리니까. 나는
상처를 대수롭지 않게 넘겨버리는 사람이 되진 못한다. 오히려 상처
받고 꽁하게 있는 편에 가깝다.

　언젠가 동기에게 질문한 적이 있다. "너는 저 인간 말이 상처가
안 되니? 어떻게 그렇게 쉽게 잊어?" 나의 질문에 동기는 이렇게 답
했다. "내가 저 인간보다 못한 게 뭐가 있어? 하나도 없어. 그러니까
불쌍하다고 생각하면 돼."

나이를 먹을수록, 자기애가 강한 사람이 상처를 받아도 회복이 빠른 사람이라는 걸 느낀다. 나처럼 상처를 끌어안고 곪아 터지는 사람이 있는가 하면, 나쁜 일을 대수롭지 않은 듯 털어버리고 자기를 사랑하는 데 집중하는 멋진 사람도 있다.

동기의 단단함을 보고 이제 나도 조금은 멋진 사람이 되려고 노력한다. 누군가 부당한 일을 저지르거나, 정해진 기준 안에서 나를 낮게 평가하고 지적할 때마다 나를 지켜내는 방법으로. 누가 나를 뭐라고 하든, 칭찬하든 험담하든 휘둘리지 않고 흔들리지 않는 자기애를 키워내고 있다.

어느 책에서 본 적이 있다. 나는 사랑으로 사람이 된 사랑의 존재라고. 그러니 굳이 타인에 말에 상처받을 필요 없다. 자신을 사랑할 줄 알고 타인의 말에 휘둘릴 이유도 없다. 나보다 소중한 사람도, 나만큼 괜찮은 사람도 없다.

걱정하지 마라. 이미 나는 충분히 단단하다. 괜찮은 사람이다. ✦

나
를

위
한

희
망
사
항

✦

남의 말을 따르기보다
나의 마음을 따르는 내가 되기

세상의 길을 걷기보다
나의 길을 만들어 가기

남이 바라는 길이 아닌
내가 원하는 길을 걸어가기

남의 사치를 바라기보다

나를 존중하는 삶을 살기

오직 나로서 충분하기
꼭 그러기✦

오직 나로서 충분하기

꼭 그러기

잊
지

않
기

✦

내 삶의 주체는
나라는 걸 잊지 않기

내 인생을 만드는 건
남의 시선과 기대가 아니라
내가 원하는 것이 되어야 하니까

내 삶이 메말랐다면
지금껏 만들어 왔던 내 과거가
떳떳하지 못하다는 뜻일 수 있으니까

오늘부터 삶의 주체가 되기 위해
작은 습관으로 나아가기

온화한 웃음을 짓는 습관
나긋한 말로 따뜻함을 전달하는 습관
나누고 배려하는 마음의 습관

그 습관들이 모여
행복한 삶이 이루어지니까

내 삶을 만들고
내 삶의 주체가 되는 건
사소한 습관으로 이루어진다는 걸
잊지 않기✦

온화한 웃음을 짓는 습관
나긋한 말로 따뜻함을 전달하는 습관
나누고 배려하는 마음의 습관

답
은

없
다

✦

관계에서
사람을 정의하고 평가하는 이야기는
귀담아듣지 말아야 한다

모든 관계에서
어쭙잖은 충고는 오히려 독이 된다

둘의 관계를
다른 이의 이야기로 정리한다면
주체적인 만남을 이어갈 수 없게 된다

결국 당신이 어떤 사람을 좋아하는지
어떤 관계를 원하는지
기준점을 알 수 없이
무엇도 할 수 없는 상황에 이르니까

내 곁에 있는 사람을
누가 평가할 수 있을까
두 사람의 관계는
둘의 선택과 결정으로
만드는 것

그저 이해하고 배려하는 것
그저 아끼고 보살펴주는 것
오직 둘만 아는 것

인간관계에
답은 없다 ◆

게을러져 보는 것도

✦

집에서 뒹굴다 보면, 나 이렇게 게을러도 되나 싶을 때가 있다. 해야 할 일은 마감이 다 되어서야 시작한다. 10분 뒤에 일어나야지 하면 어느새 단잠에 빠져 급하게 외출 준비를 하는 일이 부지기수다. 그렇다고 스스로를 원망하고 실망하지는 않는다.

어느 작가가 말했다. 자신을 게으르다고 느끼는 사람들은 자기만의 기준이 높고 스스로를 아끼는 사람이라고. 마음에 드는 문장이 아닐 수 없다. 작가의 말이 맞다. 나는 최고의 결말을 맞이하기 위해 준비하는 과정이 필요한 것뿐이다. 팍팍하게 살기는 싫다. 완벽하기보다 가끔은 인간미 넘치는 내가 좋으니까.

어떤 누구도 타인의 삶을 판단할 수는 없다. 각자의 삶이 다르고 가치관이 다르니 게으름의 기준도 모두 다르다. 게을러 보이는 누군가가 사실은 머릿속으로 황금 나무를 심고 있을지도 모를 일이다.

그러니 어떤 모습을 하고 있더라도 자신의 삶을 존중해 주면 좋겠다. 더디고 게으르다고 아무것도 하지 않는 것은 아니다. 게으름 속에서 자신을 가치 있고 빛나게 만들고 있을지도 모를 일이다.

가끔은 게을러져 보는 것도 괜찮다. 게으른 자신을 사랑하는 것도 괜찮다.◆

평범함 속에 숨은 뜻

✦

남의 시선을 의식하는 순간
평범한 삶은 없어진다

남들과 비슷하게 살지는 못해도
나 자신의 삶을 살면 된다고 말했지만
시선의 속박에 얽매이는 순간
삶은 황폐해진다

평범하다는 것은
비교 선상에 있는 기준을

지우는 데서 시작한다

타인의 삶을 기준으로
자신의 삶을 제단 하는 것보다
어리석은 게 있을까

우리는
각자의 자리에서
가장 평범할 수밖에 없다

평범함 속에 숨은
비교 없는 행복을 찾아야 한다 ◈

우리는

각자의 자리에서

가장 평범할 수밖에 없다

건
네
주
었
으
면
좋
겠
다

＊

　평범하게 사는 것이 가장 힘들다는 것을 최근 들어 더욱 느끼
게 되었다. 번듯한 직장과 행복한 가정을 바라기보다 스스로 부족하
지 않은 모습으로도 충분하다고 생각했는데, 그것이 이렇게 어려운
줄 몰랐던 거다. 열심히 살고 악착같이 붙잡아도 마음처럼 되지 않
는 평범함이었다. 거창한 무언가를 이루기 위해서도 아니었고 막대
한 부를 얻기 위해서도 아니었다. 소박하지만 따뜻하게 내 몸을 뉠
수 있는 작은 집 하나. 먹고 싶은 것을 먹으며 소소하게 기뻐할 수 있
는 여유로움 같은 게 필요했을 뿐이다. 그런데 이제는 평범하기 위
해 노력하는 것도 지치기 시작했다.

누군가는 이렇게 말할지도 모른다. 당신보다 어려운 사람이 훨씬 더 많이 존재하고, 배고픈 사람이 무수히 많다고. 하지만 누구나 자신에게 주어진 상황이 가장 힘들고 지치는 법이다. 다른 이의 상황이 되어 보기 전까지 타인의 삶의 무게를 평가하거나 낮춰 보는 건 위험한 일이다.

나름대로 열심히 살았다. 조금 더 아끼고 조금 더 최선을 다했다. 그런데 왜 이렇게 나아지는 게 없는 걸까. 왜 이렇게 좋아지는 게 안 보이는 걸까. 달라지지 않는 삶 속에서 주머니는 여전히 가볍고 부모님을 마주하는 마음은 늘 무겁다. 정말 제대로 살고 있는 걸까. 최선은 오히려 나에게 독이 되는 건 아닐까.

더 이상 버텨내기 힘든 상황이 올지도 모른다. 숨이 턱 밑까지 차올라 가슴을 조여올 순간도 분명 올 거다. 그러니 잠시 숨 고를 시간이 필요하다. 제자리에서 버티고 있는 것 또한 박수받을 만한 일이란 것을 알 수 있는 위로가 필요하다.

누군가 이야기해줬으면

지금, 이 순간이 가장 빛나는 순간이라고
버티고 있는 이 시간이 가장 멋진 순간이라고
잠시 쉬어 가도 괜찮다고

그만하면 잘하고 있다고

누군가 그렇게 내게 위로를 건네주었으면 좋겠다. ✦

구
원
의

관
계

✦

살다 보면
사람과의 관계는 늘 바뀐다

단 하루를 봐도
마음을 열게 하는 사람이 있고
몇 년을 봐도
마음을 닫게 하는 사람이 있다

함께해온 시간과 친함은
비례하지 않는다

관계에서
의미를 더해주는 건
시간이 아닌 기억이니까

의미 있는 기억이 있다면
관계는 무너지지 않는다
서로를 살리는 구원이 된다◆

의미 있는 기억이 있다면

관계는 무너지지 않는다

그
런
친
구
하
나

✦

언젠가 책에서 읽은 적이 있다. 매년 누군가 2천만 원의 돈을 건네준다면 2퍼센트의 행복을 느끼고, 좋은 친구가 하나 생기면 15퍼센트의 행복을 느낀다고. 크게 고개를 끄덕였다. 세상에는 돈으로 살 수 없는 것들이 너무나 많으니까. 그리고 사람이라면 더더욱 그러하니까.

문득, 내게 15퍼센트의 행복을 안겨주는 친구의 얼굴이 떠올라 그에게 전화를 걸어 말했다. 너는 15퍼센트의 행복을 안겨주는 아이라고. 그러자 친구는 내게 이렇게 말했다. 네가 나한테 2천만 원을 주면 난 17프로나 행복해지는 거네?

수화기를 사이에 두고 싱거운 농담을 주고받으며, 이런 이야기를 할 수 있는 친구가 있다는 게 얼마나 행복한 일인지 새삼 깨달았다. 어쩌면 한 사람이 주는 행복에 대한 퍼센트는 15퍼센트 이상은 아닐까? 드문드문 외로운 날들의 연속인 인생에서 그날 밤만큼은 외롭지 않았다. 행복이라는 게 사실은 거창하지 않다는 걸 친구가 증명해주고 있는 것 같아서.

결국 우리는 계속해서 삶이라는 길을 걸어 나가겠지만, 85퍼센트의 외로움과 불안함이 도처에 도사리고 있겠지만, 한 사람의 존재로 버틸 수 있는 것일지도 모른다. 날 믿어주는 친구 하나, 사람 하나 존재한다는 것. 그걸로 살아지는 게 아닐까. ✦

함
께
해
야
지

✦

그 무엇도
나보다 우선일 순 없다

그 어떤 것도
나보다 먼저일 순 없다

나의 하루를 가장 먼저 궁금해하는 사람
나의 약속을 너무나 중요하게 생각하는 사람
나의 모습을 그대로 바라보는 사람

그런 사람과 함께 해야지

내가 가장 먼저인
나만을 위하고 아끼는 사람

그 사람과 함께 해야지
늘 곁에 두고 바라봐야지 ✦

내가 가장 먼저인

그 사람과 함께 해야지

늘 곁에 두고 바라봐야지

더

✦

더 가지지 못한 사람의 욕심보다
더 가진 자가 잃고 싶지 않은 욕심이 훨씬 크다

덜 가진 것에 안타까워하지 말고
더 가질 수 있다는 것에 만족하자

더 사랑받기 위해 애쓰기보다
더 사랑해 줄 수 있음에 감사하자✦

어
디
라
도,
뭐
라
도

✦

내내
고민만 하다
끝났던 날들

이런저런 핑계로
주저한 시간의 연속

그래서
늘 후회가 남았을지도 모른다

그러니
해봐야 안다

뭐라도, 어떤 것이라도
늘 하던 것 말고 다른 것으로

떠나야 한다

어디라도, 어떤 곳이더라도
지금 여기가 아닌 곳으로◆

어디라도, 어떤 곳이더라도
지금 여기가 아닌 곳으로

나
답
게
사
는
일

✦

내가 좋다
나로서 존재해서
나답게 살고 있어서

나로서 사는 게 뭐 별거라고

약점을 숨기지 않고
타인과 비교하지 않는다면

누군가를 불편하게 하지 않고

거짓으로 세상을 탁하게 하지 않는다면

자신을 지키고
있는 그대로 괜찮다고 다독인다면

사실은
어렵지만
별거지만

좋다고 생각하면 좋아지니까
나를 좋아하면 나도 좋아지니까
지금 이대로도 충분히 괜찮다

내가 좋다
나로서 존재해서
나답게 살고 있어서◆

잇
지
마

✦

잇지 마

네가 살아온 인생은
절대 헛되지 않았단 걸

오늘을 겪은 너의 하루는
절대 무의미하지 않았단 걸

지금 이 순간에도
너는 빛나는 사람이런 걸

잊지 마 ✦

오늘을 겪은 너의 하루는

절대 무의미하지 않았단 걸

나
아
간
다
는

것

✦

잘 가고 있어요.

어떤 길이라도
벗어나지만 않는다면
잘 가고 있는 거예요.

잠시 멈춘다고 해도
빠르게 가지 않아도
잘 가고 있는 거예요.

더 먼 길을 위해 숨을 고르는 과정이니까.
본인의 속도를 찾는 과정이니까.
다른 누구도 아닌
나를 만드는 과정이니까.

신중해도 괜찮아요.
천천히 가도 괜찮아요.

그러니 의심하지 말아요.

우리 지금,
잘 가고 있어요. ✦

우리 지금,

잘 가고 있어요

애
써
사
는
삶

✦

그냥 살아가는 삶은 아닌지
무의미한 건 아닌지
의심하며 절망하지 말기

살아 있는 것만으로도
버텨내고 있는 것만으로도
충분히 대견한 삶이니까

그러니
그저 살아지는 삶이 아니라

애써 살아가는 삶이 되길

흩어지는 날들로 사는 것이 아니라
행복이 뭉쳐지는 날들로 살길

살아있음에 감사하고
삶이 즐겁고 생기 넘치는 것이 되길

간절히 바라는 것이니
꼭 그렇게 되길

우리 그렇게 살아가게 되길
진심으로 그렇게 되길 ◆

아마,
사랑이 아닐까

★

2

바
다
속
이
었
다

✦

사랑에 흠뻑 빠진 적이 있다

비에 젖고 나면
더 이상 젖지 않는 것처럼
젖어가는 마음이라
더 이상 말릴 수 없는 것처럼

당신을
무척이나 좋아한 적이 있다

좋아하는 마음에는 정도가 없어서

더 이상 젖을 곳이 없을 거라는 생각과는 달리
나는 어느새 바닷속이었다 ✧

비에 젖고 나면

더 이상 젖지 않는 것처럼

좋아하는 마음에는 징도기 없어서

나는 어느새 바닷속이었다

명
중

✦

사랑의 활시위가
나를 향해 당겨진다

너라는 화살이
나에게 온다

명중이다

인연이라는 말을 쓴다

✦

정처 없는 나에게
사랑을 알려준 너

나의 우주에
너라는 별이 들어와
공존하는 것을 알려준 너

나의 밤이
너라는 아침으로 빛나서
하루의 소중함을 알려준 너

지금껏

내게 일어난 일 중

가장 좋은 일이 너라는 걸 알려준 너에게

인연이라는 말을 쓴다✦

가장 좋은 일이

너라는 걸 알려준

너에게

별
이

하
나
씩

✦

당신을 사랑하는 사람이
당신을 생각할 때마다
별 하나씩 뜬다면.

빛나는 밤하늘 아래
맞은편 당신의 얼굴도 환하다.

은하수다. ✦

그런
사람이면
좋겠어

때가 되면 누군가 만나겠지
소소한 일상을 나누고
설레는 내일을 상상하겠지

만약 누군가
내게 다가온다면
이런 사람이면 좋겠어

나를 가장
나답게 만들어 주는 사람

늘 꾸민 모습이 아니더라도
내숭 없이 나의 모습 그대로를
어여삐 여기는 사람

겉모습이 아닌
충만한 마음을 바라보는 사람

외모가 출중하지 않아도
좋은 배경과 능력이 없어도
나를 가치 있게 봐주는 사람

혼자 있을 땐 버팀목이 되어주고
함께 있으면 같은 곳으로 걸어주는 사람

기대와 설렘을 지켜주고
걱정을 용기로 바꿔주고
끝끝내 나를 빛나게 해주는 사람

그런 사람이면 좋겠어

욕심일지라도,
설령 상상 속에서라도

기대와 설렘을 지켜주고

걱정을 용기로 바꿔주고

끝끝내 나를 빛나게 해주는 사람

그런 사람이 나타나면 좋겠어

서툴더라도 그런 사람이 되려고
노력하는 사람이면 좋겠어 ✦

당
신
만
몰
라

✦

작고
보잘것없고
나약한 사람

잘 속고
잘 우는
허술한 사람

어디에도 있고
어디라도 가는

가벼운 사람

그래도
당신을 향한 마음만큼은
크고
값비싸고
단단한 사람

당신을 향한 사랑만큼은
꿋꿋하고
흔들리지 않는
한결같은 사람

당신 앞에만 있고
당신에게만 가는
그런 사람을 ◆

인
생
이

글
이
라
면

✦

인생이 글이라면
어떤 단어들이 내 삶을 설명해줄까

그때 나를 표현한 단어는 무엇이었을까
당신에게 선물한 단어는 아직 살아있을까

지금 나에게 떠오른 단어는
어떤 이야기로 나를 이끌어가고 있을까

어떤 글이든

사랑이 빠지지 않았으면
위로가 포함되어 있었으면
당신도 함께✦

당신에게 _____
선물한 단어는 _____
아직 살아있을까 _____

별
보
러
가
자

너와 별을 보고 싶어

아름답고 꾸밈없이
반짝반짝 그대로 빛나는 별

사랑하기 가장 좋은 날에
걱정 없이 하늘의 별을 보며
이런저런 이야기를 나눌 수 있는
우리만의 시간을 가지고 싶어

이 별은 너의 별
저 별은 나의 별
유치함과 부끄러움은 넣어두고
애정 어린 장난을 주고받는 시간

돈도 중요하고
일도 소중하지만
우리에게 정말로 필요한 건
잠깐의 여유와
진심을 나누는 시간 아닐까

하늘 위에 함께 떠 있는 별처럼
빛나는 순간을 함께하는 시간이 아닐까

그러니 우리
별 보러 가자 ◆

너와 별을 보고 싶어

그러니 우리

별 보러 가자

✦

우리에게 주어진 세상이라는 짐이
때로는 버겁고 아프더라도
스스로 부끄럽지만 않다면
떳떳하다면
우리는 그것만으로도 충분히 괜찮은 사람

나의 노력으로 얻어진 것이 아니라면
내 것이 아니니까 부러워하지 말기
나의 잘못으로 만들어진 결과가 아니라면
내 탓이 아니니까 낙담하지 말기

우리가 사는 삶은

모두 내 맘 같지 않지만

손 내어 일으켜 주고

어깨 내어주며 산다면

서로의 다독임만으로

서로의 포옹만으로도 충분하니까 ✦

손 내어 일으켜 주고

어깨 내어주며 산다면

그
런
친
구
가

있
다
면

✦

지나고 보니
친구의 정의는 늘 바뀌었다

취향이 비슷한 사람이
진정한 친구라 생각했는데
금세 취향이 바뀌어
어긋나고 곁에 남지 않았다

목적이 같은 사람이
진정한 친구라 생각했는데

목적을 이룬 뒤에는
매몰차게 각자의 길로 갈라졌다

혼자이기 싫어 어울린 사람이
진정한 친구라 생각했는데
끝내는 결국 혼자로 남아
외로움만 커진 채로 잠들었다

서로를 맞춰주는 친구가
진정한 친구라 생각했는데
목적에만 관심을 두어
최악의 관계로 마침표를 찍었다

친구의 정의를 내린다는 건
어렵고 힘든 일이지만
중요한 건 서로를 향한 진심 어린 마음이었다

다양한 정의 속에서
수많은 친구들을 사귀고 떠나보내길 반복하다
제자리에 돌아왔을 때
묵묵히 그 자리에서 기다려준 친구들이 있었다

모든 이유를 막론하고
나이기 때문에
온 마음 다해 나를 일으켜준 친구
아무 말 없이 손잡아준 친구

결코 끊어지지 않는 믿음과 신뢰로
오랫동안 내 곁에서 진심을 다해준 친구
결코 멀어지지 않은 배려와 관심으로
언제까지나 옆에서 정성을 다해줄 친구

그런 진심을 담은 친구들이
결국 내 삶을 아름답게 만든다
결국 내 영혼을 어루만져 준다
결국 내 추억을 공유하며 미소 짓는다

옆에 누군가 있다면
그런 친구가 있다면

온 정성을 다해 머물자
온 마음을 다해 대하자
온 힘을 다해 붙잡자 ✦

내
편

✦

'내 편'
참 좋아하는 말

어떤 일이 있어도
무슨 일이 생겨도
든든히 나를 지켜주는 것 같아서

사람에게도 존재하지만
사물에도 존재하는 게
내 편

따뜻한 세상 속
거룩한 정의를 바라보는
모든 사람이 내 편

희망과 용기
봉사와 나눔
지금과 매 순간
이 모든 것들이 내 편

어떻게 생각해?
너는 내 편이야?
나는 네 편이야 ✦

너는 내 편이야? _____

나는 네 편이야 _____

미
소
짓
는
사
람
이
되
기
로

✦

늘
미소 짓는 사람이 되기로 한다
웃음 짓는 사람으로 남으려 한다

미소는
관계 안에서
정을 쌓는
단단한 힘이 있기에

타인의 시선을 의식하지 않고

먼저 미소 짓는 사람이 되려고 한다

그럼
오늘 하루는 미소 짓는 하루가 될 테니

그럼
미래에는 웃음꽃 피는 인생이 될 테니

스스로 좋은 사람이 되려고 하는 것
스스로 행복한 사람이 되려고 하는 것
늘 즐거운 사람이 되려고 하는 것

언제나 순간에 최선을 다하는
행복한 사람이 되기 위해서 ✦

사
랑
을
주
세
요

✦

혹시,

필요한 게 있나요?

사랑을 주세요. ✦

내
곁에
좋은
사람

✦

내 곁에 좋은 사람이 있었으면
내 곁에 따뜻한 사람이 있었으면
내 곁에 괜찮은 사람이 있었으면

삶이 무너져 내릴 때
나 여기 있으니 걱정 말라며
손 내밀어 나를 일으켜줄
좋은 사람 하나 있었으면

절망에 빠져 우울할 때

함께 이겨내 보자고
가슴 내어주며 꽉 안아줄
따뜻한 사람 하나 있었으면

누구에게도 보이고 싶지 않은 모습 역시
사랑스럽다며 웃음 지어 줄 수 있는
사람이 있었으면

그 사람이 당신이고
당신에게 그런 사람이 나였으면

당신 곁에 내가 좋은 사람이었으면
당신 곁에 내가 따뜻한 사람이었으면
당신 곁에 내가 괜찮은 사람이었으면 ✦

그
곳
이
되
어
줄
래

❋

의연하게 보낼 수 있는
마음의 여유가 있으면 얼마나 좋을까

편안하게 지낼 수 있는
따뜻한 공간이 있으면 얼마나 좋을까

숨을 수 있는
나만의 자리가 있으면 얼마나 좋을까

보이지 않는 앞을 보며

쉽지 않은 걸음을 걷고 있다

푸념만 내뱉으며
한숨만 쉬고 있다

괜찮은 사람이 되고 싶었는데
밝은 겉모습만이라도
다양한 곳을 비추는 사람이 되고 싶었는데

그늘진 전봇대 아래에서
갈 곳 없이 멈춰 서서
눈물만 흘리고 있다

괜찮은 사람이 되고 싶었는데
그저 무던히 받아들이면
다 괜찮아질까
다 좋아질까

의연한 마음이
따듯한 공간이
나만의 자리가
의연하게 보낼 마음이 필요해서

의연한 마음이

따듯한 공간이

나만의 자리가

내가 당신에게 건넨 한마디

"그곳이 되어줄래?" ✦

공
감

✦

진심이 담기지 않은 위로와
사치스러운 조언을 뒤로하고
투명한 마음으로 안아주는 것

그럴듯한 충고와
거추장스러운 판단은 멀리하고
그늘진 아픔도 있다고 말해주는 것

아무 말 없이
상대의 눈에 하염없이 자신을 담는 것 ✦

그
것
이
사
랑

✦

사랑은
가늠하는 것이 아니라
풍덩 빠지는 것

얕은 물에
발만 담그는 것이 아니라
발끝이 닿지 않는
깊은 곳에
깊은 곳에 풍덩

거대한 두려움과
한 치 앞을 모르는 상황에서도
기꺼이 빠져 목숨을 거는 것

그것이 사랑

그 사랑 너에게도 해당하니
나를 그렇게 사랑하니

그랬으면 좋겠어
그만큼 사랑해줬으면 좋겠어 ✦

사랑은
가늠하는 것이 아니라
풍덩 빠지는 것

너
와
함
께
있
으
면

✿

이상하게도
너와 함께 있으면
나는 참 좋은 사람이 된다

각박한 세상에서
이리저리 치이며
날 선 감정을 세우고 있는 나에게
온화함을 가르쳐 주고

바쁜 일상에서

많은 것들을 놓치며
후회 가득한 삶을 사는 나에게
느긋함을 가르쳐 주니까

너와 함께 있으면
모든 것이 나아진다

이전에 나는 없어지고
아름다운 사람만이 남는다 ◆

당신을 생각하는 밤

✦

당신을 생각하는 사람이 여기 있어요
당신을 사랑하는 사람이 여기 있어요

행복한 시간을 함께하고
소중한 기억을 쌓아 왔던
내가 여기 있어요

당신의 미소가 주는 의미가
당신의 눈빛이 주는 설렘이
내가 살아가는 이유가 돼요

존재만으로도 빛나는 사람
존재만으로도 힘이 되는 사람

그런 당신이기에
오늘 밤하늘도 빛나기만 해요
군데군데 떠 있는 별들로 아름답기만 해요

당신이 있기에
내가 살아요

당신은
너무 소중한 사람이에요
너무 필요한 사람이에요 ✦

작은
사랑

★

너의 모든 걸음에
너의 모든 시간에
내가 존재했으면

그거면
그거 하나면
충분하니까◆

언
제
나

한
결
같
았
던

✦

엄마의 사랑을 생각한다. 내가 자라는 동안에도 식지도, 작아지
지도 않고 오히려 더 커져서 가슴 벅차다가도 가끔은 한없이 슬퍼진
소중한 마음.

많은 작가들이 표현한 엄마의 사랑 중에서도 프리모 레비의 이
야기는 특히 마음에 오래 남았다. 아우슈비츠 수용소에 갇힌 청년이
책에 남긴, 떠나기 전날 밤의 모습. 삶의 마지막 순간이라 생각하며
기도를 하는 사람과 술과 욕정에 취한 사람들 사이에서 엄마들은 이
동을 앞두고 아이들을 씻기거나 짐을 꾸리고 밤새 음식을 준비했다
는 기록. 새벽이 되어서 바람에 말리려고 널어 둔 아이들의 작은 속

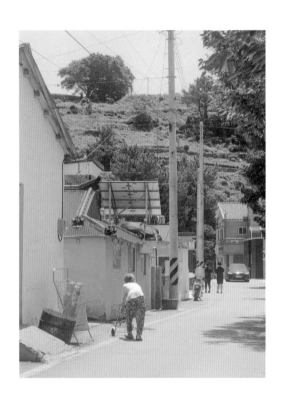

옷이 철조망을 가득 뒤덮었다는 내용과 쿠션과 기저귀 장난감 등 아이들이 필요로 하는 수많은 물건을 빠짐없이 챙겼다는 이야기가 어떤 상황에서도 조건 없이 벅찬 사랑을 주는 엄마의 모습을 보여주었기 때문이다.

자신의 두려움과 아픔보다 아이가 우선인 사람. 다 큰 나를 여전히 어리고 작은 아이처럼 바라봐 주며, 분에 넘치는 사랑을 준 사람. 엄마도 마지막 순간이 온다는 걸 알았다면, 나를 씻기고 먹이며 준비했겠지. 마지막이라서 더 아쉽지 않도록 그 사랑을 꾹꾹 담아 전달했겠지.

오늘 밤엔 유독 엄마가 더 보고 싶다. 엄마가 주던 사랑이 생각난다. 한없이 슬프고 소중한 엄마의 마음이. ✦

사랑하는 사람을 위해

✦

한 사람을 사랑한다면
그의 모든 일상에 관심을 가져볼 것

처음 느꼈던 호기심으로
상대의 일상을 조용히 바라볼 것

좋아하는 색이
자주 먹는 음식이
즐겨 듣는 음악이 달라졌을지도 모르니

그러니 상대의 오늘을 함께 되짚어 걸어볼 것

어떤 표정으로 나를 바라보고 있는지
어떤 모습으로 나를 만나러 왔는지
함께할 시간을 어떻게 채우려 하는지
가끔 상대의 모습을 챙겨볼 것

그리고는 따뜻한 눈빛으로
두 팔을 펼쳐

꼭 안아 줄 것
알아줄 것
사랑하는 사람을 위해 ✦

그러니
상대의 오늘을
함께 되짚어 걸어볼 것

마
음
껏

✦

　나는 마음껏이라는 말을 참 좋아한다. 짧고 간결하지만 모든 내 어줄 수 있을 것 같은 단단함이 느껴져서.

　필기구를 챙기지 못해 안절부절못했던 소심한 열여덟의 나. 처음 간 동아리방에서 내내 눈치만 살피던 중, 한 선배의 필통에서 볼펜 몇 자루를 발견하고는 큰 용기를 내어 말을 건넨 기억이 있다. "선배님 정말 죄송한데, 볼펜 한 자루만 빌려주실 수 있나요?" 그리고 그 선배는 흔쾌히 말했다. "아, 볼펜? 마음껏."

　완전하고도 완벽한 허락이었다. 그때의 기억을 더듬으며 나는 여전히 마음껏, 이 말을 쓰려고 노력한다. 말을 건넨 후 상대가 느끼는 무한 신뢰와 단단함을 느낄 수 있어서, 소심한 열여덟의 내가 느낀 추억을 더듬을 수 있어서.

우리의 관계 안에서도 마음껏이라는 말이 자주 쓰였으면 좋겠다. 가끔 불안하고 흔들릴 때마다 서로를 잡아줄 수 있는 단단한 말이 필요하니까. 서로에게 조금 더 기대더라도 쓰러지지 않을 거라는 믿음이 필요하니까.

내가 너의 어깨를 빌려도 될까.
나 잠시 울어도 될까.

마음껏. ✦

사
랑
이
라
면

✦

사랑이라면
예쁜 것들이 눈에 담길 때
나만 보기 아쉬워 사진을 찍겠지

가끔 맛있는 음식 앞이라면
함께 자리에 있는 상상을 하겠지

문득 슬픔이 찾아올 때
떠오르는 얼굴이겠지

나도 몰랐던 모든 감각이 열리고
보드라운 감정이 가득 피어나겠지

한가득 미소를 머금고
웃음을 지어 보이겠지

사랑이라면
그럴 수 있다
세상이 아름다워지니까 ✦

예쁘게 웃으며

✦

너만큼 사랑스러운 사람을 본 적이 없다
너보다 예쁜 사람을 마주한 적도 없다

너는 이미 너로서 완벽한 존재
너로서 충분히 괜찮은 사람

무너질 필요 없다
흔들릴 이유도 없다

모든 시간 속에서

너는 너로서 충분했고
그 자체로 빛이 났으니까

조금은 더 행복하길
조금은 덜 슬프길

충분히 멋진 사람이니
여전히 아름다운 사람이니
행복할 준비가 되어 있는 사람이니

그러니 언제나
예쁘게 웃으며 나를 바라봐 주길 ✦

오늘도 나는 괜찮아요

✦

겪어온 일보다
겪어 갈 일들이 더 많은 나라서
괜찮다고 생각하기로 했어요

지금은 초라하고
가진 것도 많지 않은 나지만
괜찮다고 생각하기로 했어요

어제를 뒤로하고 살아갈 오늘이 있고
오늘을 뒤로하고 살아낼 내일이 있기에

조금은 넉넉하고 여유롭기로 했어요

커피 한잔의 여유로움을 찾고
사소한 이야기에 웃을 수 있으며
힘듦을 이야기할 수 있는 누군가가 있기에

모진 아픔과
가시 돋친 말들 사이에서도
괜찮다고 생각하기로 했어요

이겨낼 수 있어요
버텨낼 수 있어요

당신만 있다면 오늘도 나는 괜찮아요 ✦

다
정
하
게 만
나
자

✦

다들 완벽하지 않으면서
늘 올바르지 않으면서
가끔 어긋나고 지나치고,
종종 밉고 아프면서
가면을 쓴다

당신은 가능하다면
가장 온전한 모습으로 날 맞아줘

그러면 나는

가장 나다운 모습으로 당신을 맞을게

편히 기댈 수 있는 사람이 되어
서로에게만큼은 다정하게 만나자
서로의 이름 앞에서는 따뜻한 사람이 되자 ✦

가장 온전한 모습으로 날 맞아줘

그러면 나는

가장 나다운 모습으로 당신을 맞을게

다들, 조금씩
겪는 성장통

★

3

겁
도
없
이

✦

인생은 그랬다

외로움은
나이와 비례하게 커졌고
아픔은
견딜수록 깊어졌으며
사랑은
이름이 무색할 만큼 고독만 안겨주었다

어떤 것이든

알아갈수록 어려워졌다

완전함을 추구할수록
불완전한 삶이 나를 옥죄었고
있는 그대로 받아들일수록
나의 부족함이 탄로 날까 두려웠다

세상은 무엇 하나 쉬운 게 없었고
삶은 하나도 그냥 흘러가지 않았다

이제 조금은 안다
누구와 사랑해도 고독할 것이고
무언가 알아가도 부족할 것이며
모든 것을 배워도 모자람에 좌절할 것이다

그런데도 나는

끊임없이 사랑을 찾고
부족함을 채우려 들고
더 배우려 할 것이다

겁도 없이◆

작
은
별
이
좋
아
졌
다

✦

　업무차 들른 지방에서 밤하늘을 올려다본 적이 있다. 태어나서 그렇게 많은 별을 본 적은 처음이었다. 많은 별이 쏟아지는 광경 앞에 마음이 벅찬 것도 잠시, 한편으로는 슬픔이 찾아왔다. 그때의 상황이 하늘의 별들을 마음 편히 감상하기에는 너무 복잡했는지도 모르겠다.

　별똥별은 떨어지면서도 자신의 존재를 뿜어내고 그 와중에도 하늘에 떠 있는 별들은 모두 자기의 모습을 뽐내는 듯 빛나고 있는데, 나만 누구도 찾지 않는 희미한 별이 아닐까. 나라는 사람도 누군가에게는 저렇게 빛나는 존재로 보일까, 하는 생각 때문이었을지도 모른다.

함께 있던 동료는 하늘을 바라보던 나를 물끄러미 보다가 대뜸 한마디를 툭 내뱉었다. 별은 크고 밝게 빛날수록 굵고 짧게 산다더라. 작을수록 길고 가늘게 살고.

생전 처음 듣는 이야기가 엄청난 위안이 되었던 밤. 그래, 작은 별이긴 해도 빛나고 있으니까. 누가 알아주지 않아도 스스로 만족하며 살면 되니까. 빛나는 밤하늘을 올려다보며 동료의 위로 아닌 위로에 화답한 순간, 하늘은 다시 아름답게만 보이기 시작했다. 이름 하나 없이 빛나는 수많은 별 때문에 별자리가 생겨났을 테고, 밤하늘은 이름 있는 별들이 아닌 이름 없는 별들로 더 아름다운 거겠지.

화려하지 않아도 스스로 작은 빛을 내며 자리를 지키는 별들.
그날 이후 나는 작은 별이 좋아졌다. ✦

네
가
살
고
싶
은
대
로

★

나는 네가
인생을 마음대로 살면 좋겠다

사람들이 인정하는 인생이나
올바르다 정해진 길 따윈 없으니까

넌 사랑이 가득한 아이
사랑받아 마땅한 아이

자존감이 충만한 사람은

대부분 자기가 살고 싶은 대로 산다던데

어깨 쭉 펴고 당당해지길
너의 감정과 생각은 너만의 것이니
네가 하고 싶은 대로 사는 것만으로도
충분히 완벽하고 빛나는 인생이니까

내일이 없는 것처럼
네가 하고 싶은 대로 오늘을 보냈으면
남들의 시선에 휘둘리지 않고
거침없이 너만의 미래를 그렸으면

온 마음 다해
네가 살고 싶은 대로 살면 좋겠다◆

내일이 없는 것처럼

네가 하고 싶은 대로

오늘을 보냈으면

혼
자
인

이
유

✦

요즘 들어 혼자인 시간이 많아졌다
사람들과 어울려 지낸 시간보다
혼자서 영화나 책을 보거나
혼자 밥을 먹는 횟수가 늘어난 것이다

사람들과의 관계가 복잡해지면서
얕은 관계들이 늘어나고
불편하고 어색한 만남이 이어지는 게 껄끄러웠다

예전과 다르게 이런저런 핑계로

사람들과 만남을 멀리하고
일부러 혼자 남기 위해 노력했다

언제부터인가 친구들은
외롭지 않냐며 위로의 말을 건네기도 했지만
애써 관계를 만드는 것 대신 외로움을 선택한 건 나였다

관계를 맺는 게 어렵거나 두려운 것보다
진정한 관계를 맺을 사람들을 원했다

실속 없는 관계를 위해
나의 실속을 챙기지 못하는 게 싫었으므로

가짜 관계에서 벗어나
진짜 내 사람들과의 관계가 더 중요했으므로

그래서
나는 혼자인 시간을 만든다
진짜 내 사람들을 만들기 위해
진짜 내 사람들을 챙기기 위해 ◆

예
쁜

것
만

보
고

살
아

요

★

태양 아래에서는 달을 볼 수 없고
빛이 있는 곳에서는 별을 볼 수 없듯이.

좋은 마음이 없으면 좋은 게 보이지 않고
선한 마음이 없으면 따뜻함을 느낄 수 없어요.

우리는 모두 각자의 시선에서만 머물고
보이는 것만 느껴서
수많은 아름다움과
셀 수 없이 행복한 순간을 놓치고

살고 있는지도 몰라요.

어제를 버텨낸 오늘의 대견한 나와
출근길에 뜨는 해의 아름다움
그런저런 점심을 애써 챙겨 먹는 나와
퇴근 후에 바라본 노을의 따스함
그런 하루에서 문득 찾아오는 행복들을.

너무 슬픈 것들만 보고 사는 건 아닐까요.
너무 힘든 것들만 느끼고 있는 건 아닐까요.

매일이 아름다운 것 투성이인 세상.
해질녘 보랏빛의 낭만적인 하늘과
하늘을 붉게 만드는 노을,
밤이 되면 수놓아지는 하늘의 별과 새초롬한 달까지.

세상은 보기 나름이에요.

그러니 한없이 예쁜 당신.
예쁜 것만 보고 살아요.

별과 같은

달과 같은 ✦

기
대
의

반
작
용

✦

　살다 보면 숱하게 많은 사람을 만나게 되어있다. 그리고 그 만남
속에서 마음을 나누기도 하고 상처를 받기도 한다. 우리네 삶은 만
남으로 이어지는 관계 안에 있어서 좋든 싫든 피할 수는 없다.

　관계를 통해 배운 것 중 하나는 사람에 대한 기대는 언제나 비수
로 돌아온다는 거다. 서로의 마음이 잘 맞는다면 상관없지만, 다르다
면 굳이 맞출 필요는 없다. 노력으로도 안 되는 게 있다. 안 될 관계
를 위해 서로의 시간을 낭비할 필요는 없는 거다.

　누구나 모두에게 사랑받고 싶어 하는 착한 아이 콤플렉스가 있

다. 일종의 인간 본성을 지니고 있는 건데, 중요한 건 이로 인해 일어나는 부작용에도 관심을 기울여야 한다는 것이다. 나를 좋아해 주었으면, 나를 사랑해 주었으면 하는 기대에는 늘 반작용이 생기기 때문이다.

남녀관계는 물론이고 대부분의 관계에서 기대를 통해 얻는 큰 실망감을 나는 기대의 반작용이라고 부른다. 내가 잘 대해주면 상대도 잘 대해주겠지. 내가 좋아해 주면 상대도 조금이나마 귀 기울이겠지. 내가 이만큼 했는데 상대도 이만큼 해주겠지 하는 다양한 기대 심리는 실망감을 안겨줄 수밖에 없다. 결국 이건 자신을 피폐하게 만드는 길이다.

타인에게 친절을 베풀 때는 기대의 반작용을 생각하며 기대를 낮추는 게 좋다. 그 작은 기대 하나로 내 마음이 다치기도 하고 앞으로의 인간관계가 소극적으로 변할 수도 있으니까. 세상에서 가장 중요한 일은 무언가를 바라지 않고 그저 주는 것. 그저 베푸는 것.

그것이 자신을 행복하게 만드는 가장 빠른 지름길이다. ◆

살
아
내
야
지

✦

힘든 세상에
두 발 붙여 살아 있는
내가 슬퍼 보였다

날개 한번 펴보지 못하고
흙탕물에 뒹구는
내가 안타까웠다

쓰라리고 아팠던 삶
괴롭고 처절했던 삶

왜 이리 삶이란
고단하고 힘든 걸까

길을 찾지 못해
헤매고 머뭇거리는
가여운 내 인생

위태로운 것은
갈 곳이 없어서가 아니라
궁지에 몰려서가 아니라
스스로를 찾지 못할 때겠지

살아내야지

별것도 아닌 것에 무너져도
나약하게 흔들려도

살아내야지

다들 그렇게 산다니
다들 버티고 산다니
진심으로 살아내야지 ◆

빛
나
고
있
어
요

✦

우린 모두 별처럼 빛나고 있어요

미세먼지처럼 뿌연 걱정으로
먹구름처럼 어두운 후회로
빛나는 태양을 부러워하는 시기와 질투로
잠깐 보이지 않을 뿐이지
분명 찬란하게 빛나고 있어요

우리는 모두
각자의 색깔과 크기로

빛나고 있으니

누군가의 시선과
타인과의 관계와
혼자만의 고뇌로
자신의 빛을 잃지 마세요

지금도 충분히 예뻐요
앞으로도 찬란하게 빛날 거예요✦

분명 찬란하게

빛나고 있어요

감정 쓰레기통이 되지 말자

✦

거절하지 못해 생기는 문제점은 생각보다 심각하다. 나의 시간을 내어주는 게 괜찮다고 생각하면 할수록 나를 잃어 가기 때문이다. 나역시 거절하지 못하는 성격 때문에 웬만한 부탁은 다 들어주려고 노력했다. 때로는 누군가의 부탁을 들어주었을 때, 스스로 다른 이를 도울 수 있는 존재라는 생각에 뿌듯하기도 했다.

하지만 부탁을 들어주면 들어줄수록 나를 위한 시간은 줄어만 갔다. 호의가 계속되면 권리가 된다고 했던가. 내 호의는 누군가가 나를 줏대 없는 아이로 낙인찍는 도구가 됐고, 이용하기 쉬운 사람이라고 생각하는 계기가 되기도 했다. 나 스스로 만족하고자 했던 시간이 나를 거대한 블랙홀 속으로 빨아들여 나를 없애고 있던 것이다.

혼자만의 시간을 가지고 싶을 때도, 지인들은 전화로 나를 찾았다. 고민 상담을 하기도 하고 가족 문제, 남자친구부터 남편 이야기까지 털어놓으며 나의 공감에 화를 가라앉히거나 꽤 후련한 마음으로 돌아섰다. 그러나 나는 반대로 감정 쓰레기통이 되어 갔다.

시작이 반이니까. 나는 사소한 거절부터 하기로 했다. 나만의 시간을 가지고 싶을 때 전화를 받지 않는 것. 문자를 읽지 않는 것. 내가 좋아하는 것에 집중하는 것. 타인의 감정에서 멀어지다 보니 나를 위한 시간이 새삼 소중하게 느껴졌다. 사소한 거절들이 관계를 틀어지게 한다거나 삶을 뒤흔들지 않는다는 것 또한 알게 되었다. 거절은 생각보다 별 게 아니었다.

이제는 조금씩 거절의 범위를 넓히고 있다. 부담스러운 부탁을 거절하기, 일주일에 하루는 약속을 잡지 않고 나를 위한 시간을 보내기처럼 거절을 통해 나를 채우고 있는 거다.

그래, 이제는 내 감정을 채울 때다.
타인의 감정 쓰레기통이 되지 말자.✦

신
경
꺼
주
세
요

✦

괜찮을 거라며
좋아질 거라며

나만 그런 게 아니라고 한다
모두 힘들다고

나를 모르면서
내 삶을 견뎌내 본 적도 없으면서

힘들다 보면

익숙하게 버티다 보면
버틸 힘도 생길 테니

신경 꺼주세요
관심 꺼주세요

어둠 속에서 별은 더 빛나니까
부담스러운 관심만 꺼 준다면
혼자 잘 빛날 수 있을 테니
괜찮아질 테니

그러니 제발
신경 꺼주세요

당신이나
잘하세요✦

혼자 잘 빛날 수 있을 테니
괜찮아질 테니

알
수
없
는
게
사
람

★

얼마 전 지인에게 이런 말을 들었다. 요즘 힘들다며, 괜찮아?

문득 이런 생각이 들었다. 당신은 무슨 수로 내가 힘들다고 하고 괜찮은지 묻는 걸까. 그래서 되물었다. 누가 그러던가요? K가 그러더란다. 참 당황스러웠다. 그에게 한 말은 고작 세상 살기 힘들다 한 마디였는데.

우리는 너무나 쉽게 다른 사람들을 오해한다. 심지어 다 안다고 생각한 사람도 알고 있는 게 별로 없을 때가 더 많다. 부대끼며 사는 가족도 잘 모르는데 남을 어떻게 안다는 걸까. 친하다고 생각한 상대의 취미와 좋아하는 음식도 시간이 지나면 바뀌어 있을지 모르는데. 어제의 나와 오늘의 내가 다르듯, 오늘의 상대가 내일이라고 늘 같을 수만은 없는 건데.

결국 우리는 같은 지구 안에 존재하지만 똑같은 장소를 공유할 수도, 같은 시간을 살 수도 없다. 살고자 하지도 않는다. 그렇기에 자주 하는 이야기 중, 네가 내 맘을 어떻게 알아 라는 말이 생겼을 거고 내가 네 머릿속을 들여다보면 좋았을 텐데 하는 한숨 섞인 아쉬운 말들도 생겨났겠지.

어쩌면 우리가 잘 어울려 살 수 있는 건 상대를 모르기 때문일 수도 있다. 모르기 때문에 서로를 알기 위해 노력하고 이해하려고 하는 게 아닐까.

대부분 자기 자신조차도 알지 못하며 살아간다. 그러니 더욱 상대를 판단하려고 해서는 안 된다. 오해가 생기면 이해로 풀면 된다. 이해가 안 되면 외우고 피하면 된다. 세상사 알 수 없는 것은 바로 사람을 알 수 없어서 나온 말은 아닐까. 세상 살기 힘들다는 말의 대부분은 사람이 차지하고 있는 게 아닐까.

참 세상 살기 힘들다.♦

흘러가도록

＊

관계로 힘들어하지 말기
모든 사람에게 사랑받을 수 없으니
연이 아닌 사람은 흘러가게 두기

보고 싶다고 늘 볼 수 없고
마음은 마음대로 되는 게 아니니까
연이 아닌 사람은 흘러가도록 두기

사랑한다고 늘 행복할 수 없고
이유 없이 헤어질 수도 있으니

노력한다고
모든 인연이 이어지는 건 아니니까
노력하지 않아도
사랑인 걸 알아볼 수 있으니까

연이 아닌 사람은 흘러가도록 놓아주기

연이 아닌 사람을 흘러가게 둔다면
나의 연은 나에게 흘러오게 될 테니까◆

내
속
에

수
많
은

내
가

산
다

✦

　사람은 한결같아야 한다는 말. 지금 생각해 보면 너무 뒤떨어진
이야기다. 어떻게 사람이 한결같을 수 있을까. 세상이 바뀌고 주변이
바뀌는데 나 혼자 한결같이 살 수 있다는 게 가능하긴 할까?

　점점 내 안에 또 다른 내가 늘어나고 있다는 걸 느낀다. 좀 더 대
범해진 나를 만나기도 하고, 늘 받는 것에 익숙했던 모습에서 누군
가를 위해 베푸는 나를 만나기도 한다. 강할 줄만 알았던 마음이 한
순간 무너져 내리기도 하고, 예민하기만 했던 지난날을 뒤로하고 한
없이 미련해지기도 한다.

수많은 나를 만나고 있는 요즘. 혼란스럽기도 하지만, 나는 이 아이들을 사랑해 주기로 했다. 남들은 나를 보며 변한 것 같다, 변덕이 심하다고 이야기하지만 내가 어떠한 모습을 하고 있든 내가 나를 챙겨야 외롭지 않으니까.

　가끔은 외로운 내가 이해 많은 나에게 안겨 울고, 소심한 내가 당찬 나에게 영감을 얻는다. 남의 시선을 의식하던 내가 나를 먼저 위하는 용기도 낸다. 나아가기 힘든 순간마다 서로 다른 나를 꺼내 놓으며 살아가는 거다.

　내 속에는 수많은 내가 산다. 한결같지 않아서 때론 변덕쟁이라서 나는 내가 참 좋다. ◆

힘
좀
빼
고
살
자

✦

힘 좀 빼고 살자

조금 더 잘하려고
조금 더 완벽해지려고 애쓰다 보면
마음에 힘이 들어가 버리니까

필사적으로 애쓰고
어떻게든 버티고 참아내느라
힘이 드니까

겁먹지 말기
무서워하지 말기

힘 좀 빼고 산다고
무너지거나 쓰러지지 않으니까

오히려
자연스럽고
가벼운 마음이 생길 테니까

얼마나 대단한 인생이라고
악착같이 힘을 냈을까

힘을 내지 않아도
인생은 흘러간다
시간은 지나간다

잡을 수 없는 건 흘려보내고
힘 좀 빼고 살자◆

잘
사
는
삶

✦

매력적인 삶이 따로 존재한다면
그건 아마 스스로
만족하는 삶일 것이다

때때로 실망과 절망을 느끼기도 하고
환희와 기쁨을 품을 수도 있을 테지만

그 모든 것을
기꺼이 안을 수 있는 삶이
잘 사는 삶이다

사는 데 있어 무언가
보람을 찾을 수 있다면
더할 나위 없다

삶의 보람도 각자 다르다
온전한 내가 되지 않으면
절대로 행할 수 없는 무언가
만들어 내고 있다면 그것이 보람이다

타인이 되어서는 불가능한
내가 행복한 지점

그 행복을 즐길 수 있는 삶이
잘 사는 삶이다

그러니 지금부터
삶의 보람을 느껴라
나만의 행복을 찾아라 ◆

촉
을
대
하
는
자
세

✦

여자들에게는 촉이라는 게 있다. 이 촉은 대부분 좋을 때보다 나쁠 때 더 정확하다. 안 좋은 일이 생길 것 같다거나, 무슨 이슈가 만들어질 것 같다거나. 그리고 헤어지게 될 것 같다거나. 왜 나쁜 촉은 늘 잘 맞아떨어지는 걸까. 예전에도 그랬고 지금도 그렇고. 어쩌면 앞으로도 그러겠지.

촉 때문에 나는 관계에 있어 항상 피해자였다. 좋지 않은 감정들이 쌓이면 헤어짐을 예상해 더 소극적으로 변했고 다가올 이별을 미리 준비했다. 돌이켜 보면 늘 비겁하게 도망치는 쪽은 나였다. 관계의 끝에 더 정확한 시그널을 준 셈이다.

만약, 그 촉을 용기로 바꿨다면 어땠을까. 피하지 않고 마주할 수 있는 자신감으로 바꿨다면 어땠을까. 지나온 관계를 더욱 지속시킬 수 있었을까? 적어도 후회는 남지 않았을 거다. 어땠을까 하며 다른 상상을 하는 미련한 짓을 하지 않았을 거다.

지금은 촉이 오면 피하기보단 마주하려고 노력한다. 늘 나쁜 예감을 피하기만 해서는 근본적인 문제가 해결되지 않는 걸 알기 때문이다.

뒤돌아 후회하기보다는 앞서 마주하는 용기를 실천할 때라는 걸 알기 때문이다.◆

만약, 그 촉을

용기로 바꿨다면 어땠을까

자신감으로 바꿨다면 어땠을까

양
면
의

모
순

★

우리네 삶은 모두 달라서
각자 다른 인생을 살지만
이상하리만큼 닮은 점도 많다

예의 바르고 겸손한 사람도
누군가에게는 버릇없고 차가우며
꼼꼼하고 세심한 사람도
어느 순간에는 흐릿하고 애매모호해진다

나에게 좋은 사람이

누군가에게는 비겁해지고
나를 싫어하는 사람도
어딘가에선 상냥할 것이다

너도 그렇고
나도 그럴 것이다

이 사람은 내 사람
이 사람은 좋은 사람이라며
판단하고 재단하지 말자

나도 나를 잘 모르니까
남을 이해하는 것은 어쩌면 불가능한 것

나에게 조건 없이 마음을 여는 사람이 있다면
그것 역시 사랑이거나 거짓일 테니까◆

남을 이해하는 것은

어쩌면 불가능한 것

좋
기
도
하
고
나
쁘
기
도
하
고

✦

그저 그런 하루를 보내다 내 인생은 어땠나 생각해 본 적이 있다.

그리고 어쩌면 생각한 대로 된 것보다 되지 않았던 적이 더 많았기에 지금까지 올 수 있었던 건 아닐까 생각했다. 생각한 대로 되었다면 이미 잔고 가득한 통장을 끌어안고 마음대로 살고 있어야 할 거다. 하지만 지금은 생활을 이어 나가기 위해 적성에도 맞지 않는 일을 하고 있다.

그럼에도 불구하고 이런 생각으로 마음을 달랜다. 인생이 뜻대로 되었다면 항상 재미있지는 않았을 거라고. 가끔 마음대로 되지 않고 인생을 헤맬 때도 있어야 희로애락을 느낄 수 있는 거라고.

　어차피 마음대로 되지 않는 인생인데, 그 길에서 왜 그리 고민하고 좌절했을까. 내 마음대로 되는 삶이었다고 한들 지금이랑 크게 차이가 있었을까. 돈과 지위가 행복을 만들어 주지 않고, 죽을 것 같이 힘든 시기도 지나고 보면 별거 아닌 걸 알았으면서. 인생이 내 생각대로 되지 않는 게 오히려 다행일지도 모른다. 좋기도 하고 나쁘기도 한 인생과 좋기만 한 인생이 큰 차이가 있을까 싶기도 하고.

　머리 싸매고 고민한다고 인생이 송두리째 바뀌는 것도 아니까.
　좋기도 하고 나쁘기도 한 날들이 모여 인생을 이루는 거니까.

　오늘도 나는 좋기도, 나쁘기도 한 인생이라서 다행이라고 생각하며 산다.
　어차피 뜻대로 되지 않는 인생인데 이렇게라도 생각해야 마음 편할 테니까.◆

오
늘
나
에
게
필
요
한
말

✦

그럴듯한 말이나 멋들어진 글은 아니지만
가끔, 평범한 이야기가 감동을 주는 것처럼

오늘 나에게도 그런 한마디가 필요했다

괜찮다고
정말로 괜찮다고

무서워하지도
포기하지도 말라고

이기적이고 비겁해도 되니
오늘은 나만 생각하라고

절대 나만은 잃지 말라고 ✦

오늘 나에게도

그런 한마디가 필요했다

절대 나만은 잃지 말라고

아
주
작
은
용
기

✦

살아가는 데 있어, 스스로 버티고 서 있어야 할 토대가 가장 중요하다.

자기를 아끼고 사랑하는 자기애의 토대가 없으면 늘 남과 비교하고 자신을 깎아내리게 된다. 나보다 뛰어난 사람들을 동경하고 어떻게든 뛰어넘으려 스스로를 해치는 거다. 나 역시 그랬다. 소심한 성격 때문에 늘 남과 나를 비교해 자존감을 깎아먹고 이길 수 없는 게임에서 온 힘을 다했다가 좌절했다. 아이러니하게도 나의 자존감은 모든 것을 버렸을 때 생겨났다. 남과 비교하는 내가 아닌 내가 할 수 있는 게 무엇인지 찾기 시작할 때.

늘 뒤처지고 뛰어나지도 않은 내가 남보다 잘할 수 있는 것보다 뭘 할 수 있을까를 고민하기 시작했을 때, 자신감을 준 건 책과 음악이었다. 책 한 페이지를 찾아 읽는 것. 좋아하는 음악을 골라 듣는 것. 그것으로 만족하는 것.

사람마다 자기가 잘할 수 있는 일이 있다고 생각한다. 작고 소소한 것이라도 할 수 있는 일. 그것으로 살아있음을 느낄 수 있다.

누구나 다 접하는 책과 음악이지만 그 책과 음악이 때로 나를 살려주었다. 나만의 리스트를 만들고 감정에 따라 나눈 글귀와 곡들을 추천하는 취미에 발을 들였을 때, 나의 작은 취미가 누군가에게는 기쁨이 되고 즐거움이 되는 것을 보았다. 이 기쁨들이 자신감으로 그리고 자존감으로 바뀌는 즐거움을 경험한 후에는 남과 비교하는 것을 그만두게 되었다.

내가 할 수 있는 작은 행동이 나 자신을 사랑하게 해준 것이다. 소박하고 작은 성취 안에서 꾸준히 이어 나갈 인내를 기르고, 자신에게 애정을 느낄 수 있게 해준 것이다. ◆

내
선
택
이
최
선
이
었
다

✦

요즘 들어 자주 느끼는 건,
아무리 말을 해도 겪지 않으면
이해하지 못한다는 것

누구나 자라면서
이런저런 충고를 듣는다
충고의 말미에는 꼭 이런 말이 따라붙는다

겪어봐야 안다
아무리 말해봐야 모른다

시간이 흘러 내가 알게 된 것은,
겪어야 깨닫는다는 것
그때 말을 들었으면 좋았으리라는 것

하지만 후회해도 달라질 건 없다
또다시 기회가 와도
나는 똑같은 선택을 할지 모르니까

겪어보지 않아서
할 수 있는 최선의 선택을
할 수밖에 없었으니까
그 선택이 지금의
나를 만들었으니까♦

겪어보지 않아서
할 수 있는 최선의 선택을
할 수밖에 없었으니까

가
장
필
요
한

것

✦

지금, 이 순간

너에게 가장 필요한 걸 줄게

토닥토닥✦

더
없
이

★

우리는
그저 그런대로 닮기도 하고
그냥 그렇게 다르기도 하다

행복을 느끼는 척도도
불행을 겪는 기준도
그저 그런대로
그냥 그렇게 산다

나 하나 특별히 다른 게 아니라

대개 거기서 거기인 것처럼
저마다 자기만의 불행을 안고 산다

그러니
삶이 고통스럽고 불행하다면
당신만 세상에서 유일하게 불행한 건 아님을 기억하자

고만고만하게 사는 세상에서
너무 슬퍼할 필요 없다

그저 그런 곳에서 행복을 느끼고
사소하고 작은 것에서 기쁨을 느끼면 그만이다

충분히 그럴 수 있다
충분히 기쁠 수 있다
더없이 행복할 수 있다♦

사
람
과

사
람

사
이

✦

누구나 한 명쯤은 편안한 관계라 부를 수 있는 사람이 있을 것이다. 사랑하는 가족과 친한 친구처럼 취향이 비슷한 사람들 말이다. 특히 나를 배려해주고 위해주는 사람과의 관계에서는 훨씬 더 편안하고 좋은 감정을 느낀다.

그러나 사람과 사람 사이에 그냥 편안해진다는 건 불가능하다. 내가 편하게 여기는 누군가는 나를 위한 불편함을 감수하고 있기 때문이다. 만약 늘 편안하고 좋은 관계라면 서로 간의 배려가 분명히 밑바탕에 존재해야 한다. 한쪽의 일방적인 배려로는 관계가 유지될 수 없는 까닭이다.

관계를 맺는 것보다는 유지하는 쪽이 훨씬 더 많은 노력이 필요하다. 적당히 느슨해지는 기다림과 조건 없이 줄 수 있는 마음들을 가지고 있어야 편안한 관계를 유지할 수 있다. 관계가 서툴면 사람을 잃을 수밖에 없다. 결국 끝없이 노력할 수밖에 없는 것이 사람과 사람 사이 관계다.

　관계를 쉽게 여겨 사람을 잃지 않아야 한다. 타인을 편안하게 만드는 나의 수고로움과 상대의 관심이 만나야 좋은 관계가 된다. 상대의 배려와 나의 이해가 만나야 편안한 관계가 된다.◆

우
리
모
두
는
안
다

✦

우리는 오늘도
살아 있는 모든 순간에
온 힘을 다해 즐기려 애써야 한다

특별하진 않지만
평범함 안에 숨어 있는 소중한 하루가
인생을 이룬다는 걸 아니까

시간이 지나
소소한 나날들이

삶 곳곳을 빛나게 했다는 걸 아니까

그리고
우리 모두는 안다

행복이란 건
인생이라는 여행에서
최선을 다한 사람만이 받을 수 있는
선물이라는 것을

인생이라는 여행 속에 최선을 다한 사람만이
행복이라는 선물을 받을 수 있다는 것을 ✦

행복이란건
최선을 다한 사람만이 받을 수 있는
선물이라는 것을

나
를
정
화
하
는
시
간

✦

살다 보면
수많은 색을 가진 사람들을 만나게 된다

예쁜 색의 사람을 만나기도 하고
내가 모르는 사람들의 색과 어울려
또 다른 색을 만들어 내기도 한다

그러다 문득
탁해진 나를 마주할 때가 있다

세상의 색에 물들어
자신만의 색을 잊은 채
타인을 따라가게 되면
어느 순간 자신의 색이 어떤 건지
찾지 못할 정도로 어두워지는 것이다

그때는
탁해진 색을 물로 희석해야 하는 것처럼
자신에게 물과 같은 쉼이
필요하다는 걸 알아야 한다

탁해진 나 자신을
정화하는 시간이 필요한 것이다

그러니
나의 색을 찾자
나의 아름다운 색을 지키자

그것이
나를 조금 더 다채롭고 행복하게 만들 테니까◆

나의 아름다운 색을 지키자

그것이

나를 조금 더 다채롭고 행복하게 만들 테니까

나
부
터

✦

나부터 챙기는 게
나부터 아끼는 게
나부터 사랑하는 게 먼저 아닐까요.

자존감이 낮아져 자책만 커진다면
그건 나를 챙기지 않아서 생기는 결과였을 테니까요.

그러니 무조건 나를 먼저 아끼고 보살펴 주세요.

좀처럼 버티지 못하고 회복이 더딘 것은

자기애가 더없이 부족한 결과이고
나를 내버려둔 대가예요.

자존감을 키우고 싶다면
불행과 아픔을 의연히 넘기고 싶다면
나부터 챙겨주세요.

무너지지 않는 자존감은 자기 사랑이 선행될 때
나부터 챙길 때 생기는 것이니까요.

나보다 소중한 사람은 이 세상 어디에도 없으니까요.

남부터 챙기다 나를 잃지 말아요.

꼭
나 먼저 챙겨요.
나부터 챙겨요. ◆

내
일
은

오
늘
보
다

✦

내일은 오늘보다
조금 더 좋아질 것이다.

내일은 오늘보다
조금은 더 괜찮아질 것이다.

목적지도,
어떤 내일이 다가올지도 모르는 오늘이지만

기지개를 켜기 위한

웅크림의 시간이며
침묵의 기다림이었을 것이다.

숨을 헐떡이며 지내온 시간,
홀로 버텨야 했던 불안한 지금이
내일을 위한 희망이 될 수 있다.

그러니
성공은 아니더라도
지금 내가 걸어온 시간이
성장의 시간이 되어
내일을 비춰주었으면 좋겠다.
기쁨의 시간이 되어
내일을 행복하게 만들어 줬으면 좋겠다.♦

그만하면 충분하다

✦

세상일에 치여 가며
사람들의 눈치를 보며
살지 않아도 된다

주위 시선에 치여 가며
사람들과 어울리려
시간을 보내지 않아도 된다

모든 이에게 맞춰주며
원하는 것들을 찾으러

마음 쓰지 않아도 된다

나 좋다는 사람에게 최선을 다하고
나 위하는 사람에게 마음을 다하고
나 생각하는 사람에게 정성을 쏟으면 된다

수많은 사람이 아니라
날 알아주는 단 한 사람만이라도 충분하다
나보다 소중한 것은 없다
나보다 괜찮은 사람도 없다

나를 아끼는 사람에게 집중하자
나를 소중히 여기는 사람과 시간을 보내자

그만하면 충분하다 ◆

나보다 소중한 것은 없다
나보다 괜찮은 사람도 없다
그만하면 충분하다

당신과 나에게
묻는 안부

★

4

당
신
의

안
녕

★

안녕이라는 인사가
감정에 따라
수많은 생각을 담을 수 있다는 걸 안다

조만간이라는 단어가
얼마나 긴 시간을 품고 있는지
가늠할 수 없다는 것도 안다

서로의 마음이
늘 같을 수는 없어서

그런데도 안녕을 전하고
조만간 만나자는 인사를 하는 이유는
숱한 시간과
수많은 향기가 오갔다는 거겠지

그 시간을 추억으로 담아두었다면
나의 안녕을 조금은 소중히 대해주길
나의 조만간에 잠시 잠깐 설레어 주길

나의 안녕 안에
당신의 행복을 향한 염원과
진심이 담겨 있다는 걸 알아주길

그러니
그동안
부디 안녕하길 ✦

그러니

그동안

부디 안녕하길

나
에
게

★

다 안다고 생각했는데
결국 잘 모르는 게 사람이었다

어느 순간
착하고 괜찮은 사람과
나쁘고 멀리하고 싶은 사람을
구별할 수 있다고 생각했는데
한 길 사람 속은 모른다는 옛말이 맞았나 보다

생각해 보면

나도 나를 잘 모르겠다
그런데 어떻게 타인을 잘 안다고 생각했을까

그러니 이제는 나에게 집중할 시간

나를 웃게 하는 건 뭔지
괜찮은 내가 되기 위해 필요한 건 뭔지
나는 나를 아끼고 사랑했는지 돌아볼 시간 ◆

나도 나를 잘 모르겠다

그러니 이제는 나에게 집중할 시간

엄
마
에
게

✦

　요즘 들어 부쩍 엄마는 미안하다는 말을 한다. 뭐가 그렇게 미안
한지 알 수 없지만, 엄마의 그 수줍은 말이 아프게 걸린다. 나에게 자
랑스러운 유일한 사람이 자신이라는 걸 엄마도 분명 알고 있으면서.
당신보다 소중한 사람이 없다는 걸 누구보다 잘 알고 있으면서.

　때가 되면 엄마와도 이별을 하게 되겠지. 그러면, 나는 잘 살 수
있을까? 엄마처럼 엄마가 될 수 있을까? 엄마의 어린 딸로 태어난
내가 이제는 이별을 생각한다. 영영 없을 것만 같은, 세상에서 가장
힘겨운 이별이다.

조금 더 자랑스러운 딸로 자라지 못해서, 남들 다 드는 가방, 다 입는 옷, 다 가는 여행지, 안겨주지 못해서. 여전히 엄마의 어린 딸처럼 엄마를 필요로 해서. 사실은 내가 더 미안해.

엄마,
언제쯤 엄마는 고맙다는 말을 더 많이 할 수 있을까.
언제쯤 엄마는 마음 놓고 행복하다고 할 수 있을까.
나는 엄마가 내 엄마라서 너무 고마워
너무 행복해

그러니 알아줬으면 좋겠어.
내 마음
내 진심◆

언제쯤 엄마는

고맙다는 말을 더 많이

할 수 있을까

당
신
도
그
랬
으
면

✦

보고 싶다는 말이
부족할 만큼
그리운 당신

사랑한다는 말이
모자랄 만큼
애틋한 당신

당신도 그랬으면◆

삶
의
아
이
러
니

✦

각자의 아이러니에서
우리는 오늘을 산다

행복을 좇으면서
눈앞의 행복은 놓치며 살고

사랑을 갈구하면서
내 옆의 사람은 잊고 살며

삶을 찾는다면서

나를 빼놓은 삶을 산다

세상에서 가장 중요한 건
눈앞의 행복
내 옆의 사람
지금 이 순간의 나 자신임을
잊고 사는 것이다

삶의 아이러니다◆

행복을 좇으면서 _____
사랑을 갈구하면서 _____
삶을 찾는다면서 _____

이
상
하
게
도

✦

이상하게도
찾으면 없다

사람도
사랑도

울고 싶은 날
위로받고 싶은 날

이상하게도

아무도 없다

사람도
사랑도◆

나
와

가
장

가
까
운

모
습

✦

향기 나는 사람이고 싶어서
향수를 뿌리고

이 옷 저 옷을 한참 입어보며
어떤 옷이 당신과 어울릴까
고민하던 날들

그러다 어느 날
당신의 한 마디

부지런한 내가 좋다고
늘 단정한 내가 사랑스럽다고

하지만 당신은
긴장된 내 모습보다
자연스러운 내 모습도
충분히 아끼고 사랑할 것 같다고

지금 보다 더 궁금한 게 많다고
앞으로 사랑할 시간이 더 많을 거라고

그리고 며칠 후
내 얼굴과 가장 가까운 가벼운 모습으로
마주한 당신

그날 당신의 미소는
아직도 잊히지 않는다♦

부치지 못한 마음

✦

숱한 세월을 지나
당신과 나는 서로 다른 풍경 속에서
각자의 그림을 그리고 있지만
가끔은 그림 속 그리움이 번져
당신의 눈앞이 흐려지길 바랐다

무심한 시간이 지나
당신과 나는 서로 다른 공간에서
각자의 바람을 맞고 있지만
가끔은 바람 따라 생각이 퍼져

당신이 한 번씩은 흔들리길 바랐다

아주 가끔은 나처럼
당신도 비슷한 생각을 했으면 했다

아주 가끔은 나와 같이
당신도 우리 생각에 슬프길 바랐다

슬프게도
이 마음 당신에게 닿지 못하겠지만
아주 가끔은 그런 일이 일어나길 바랐다◆

무심한 시간을 지나

각자의 바람을 맞고 있지만

나
혼
자

✦

힘껏 안고 싶지만
보이는 건 휘적이는 나의 몸뚱이뿐

따뜻하게 손잡고 싶지만
느껴지는 건 허공 속 공기뿐

그저 보고 싶은 마음 하나로
미소 지을 수 있는 사이였는데
그리움마저 사치가 되어버린 사이

아직도 눈감으면
너의 향기가 느껴지는데

지금도 숨을 내뱉으면
너의 온기가 보이는데

지금은
나 혼자◆

따뜻하게 손잡고 싶지만

느껴지는 건 허공 속 공기뿐

마음만 돌보았다면

✦

한때 우리는 좋았는데
한때 우리는 참 괜찮았는데

예전으로 돌아간다면
다시 그때로 갈 수 있다면

서로의 마음만 보면 어떨까
마음만 돌보면 어떨까

불안할 때도

미울 때도

서로의 마음만 봤다면
괜찮았을까

모든 게 완벽하지 않아도
좋았을까

알량한 자존심 하나 때문에
미움만 겹겹이 쌓여
이제는 생각만으로도
안타까워진 사이

서로의 마음만 보면 어땠을까
마음만 돌보았다면 지금 우리는 어땠을까◆

그
럴

것

이

다

★

기대가 크면
실망도 크다

설렘이 크면
아픔도 크다

사람 관계에도
그럴 것이다

사랑의 관계에서는

더욱 그럴 것이다

정말로

그럴 것이다✦

나
를
달
래
는
시
간

★

누가
함께하면 외롭지 않다고 했을까

누군가 곁에 있어도 외롭고
채워지는 공허함만이 마음을 두드리는데

차라리
함께하기보다
스스로를 위한 시간을 내는 게
더 필요했을지도 모른다

외로움을 달래기보다
나를 달래는 게 필요했을지도 모른다

맛있는 음식을 먹고
좋아하는 음악을 들으며 몸을 움직이고
책과 영화를 보며 보내는 시간

누구나 다 외롭다면
누군가는 한 번씩 즐거워야 하니까

나를 위한 시간 안에서
나에게 필요한 일을 하자

외로움보다
나를 달래주자
나를 챙겨주자 ◆

눈
처
럼

✦

너는 눈처럼
예쁘고 아름답게
내게 내렸으나

거칠고 추하게
녹아내렸다
아프고 슬프게
흘러버렸다✦

살
아
갈

수
밖
에

없
다

✦

우리는 항상 어쩌지 못한 상황들을 겪는다. 그럴 때마다 절망하
며 부정한다. 나에게 왜 이런 일이 일어났는지, 내가 무슨 잘못을 한
건지, 나에게 왜 이런 감당할 수 없는 일들이 생겨난 건지. 당시에는
감당할 수밖에 없겠지만 결국 이 모든 것을 품고 견뎌내는 게 인생
이라는 것을 뒤늦게 깨닫기도 한다.

모든 이별에는 시간이 필요하다. 상실의 아픔을 감당할 수 있는
기나긴 시간. 삶의 일부로 받아들일 수 있는 시간. 그리고 수많은 이
별을 늘 부정하지만 수긍할 수밖에 없는 결론에 이른다는 것도 안
다. 세상 모든 영화가 해피엔딩이 아닌 것처럼 인생이 늘 행복하고

즐거울 수만은 없으니까. 불행하고 절망하고 슬퍼하는 장면도 인생이니까.

산 사람은 살아야지, 늘 입버릇처럼 들려오던 어른들의 말씀처럼 우리는 그저 받아들이고 오늘을 또다시 살아갈 수밖에 없다. 여전히 나를 사랑하는 사람들이 곁에 있으니. 그 사랑이 버티라고 응원하고 있으니까.◆

그 사랑이 버티라고

응원하고 있으니까

새
드
엔
딩

★

처음은 분명한데

마지막은 흐릿하다 ✦

천천히 하는 이별

✦

별일 없는 하루였는데
무뎌졌다고 생각했는데
홀로 자리에 앉아 있으니
가슴이 무너져 내린다
아직 혼자가 익숙하지 않은 탓이다

파란 하늘은 차가워 보이고
따스한 햇살은 열병 같고
바람은 마음을 세차게 치고 간다

우리라는 이름은 사라졌고
너라는 자리는 또렷하다

저만큼 달아난 너인데
나는 이만큼이나 아프다

이제 아무것도 아닌 사람이 되어
눈물에는 네가 고이고
한숨에는 너의 숨결이 담기고
가슴에는 생채기가 남았다

아무래도
너라는 아이가
너무 깊이 자리 잡았나 보다◆

우리라는 이름은 사라졌고

저만큼 달아난 너인데

그
럴
시
간

★

가끔 궁금해지는 게 있다
어디로 가는지도 모른 채
무엇을 위한 건지도 모른 채
나는 왜 이렇게 열심히 살아가고 있을까

그래서 모든 걸음을 멈추고
애쓰지 않고
그저 편안하게
목적지 없는 삶을 살기로 다짐했다

가끔은 이런 시간이 있어야
여유로움도 생길 테니까

한 번쯤은 내 마음대로
한 번쯤은 아무 생각 없이
열심히 살지 않는 시간도 필요하니까

이제 나는
삶이라는 전쟁터에
이제껏 내가 뛰어온 속도가 아닌
더딘 걸음으로 걷는 준비를 한다◆

마
음
이
　
마
음
에
　
닿
는
다
는
　
것

✦

　수화기 너머 당신의 떨리는 목소리가 좋아하는 마음을 눌러 담은 시그널이라는 것을 예상한 적이 있다. 반대로 마음이 식어 이별을 준비하고 있다는 걸 알아채기도 했다. 가끔 마음 없는 말을 그럴듯하게 포장하고 있다는 것 또한 알 수 있었다.

　직접 눈으로 볼 때, 마음은 더 빠르고 강하게 와서 닿았다. 상대의 눈빛이 전달하는 기쁨과 슬픔, 아픔과 고통은 잔인하리만큼 직설적이다.

　그날 나는 당신의 눈에서 세상이 무너지는 것을 보았다. 그 어떤 말도 오가지 않았지만 당신도 나도, 서로의 눈을 통해 마지막을 예감한 거다.

미안해.
나의 마음이 더 이상 너에게 닿지 않는 걸 느꼈어.
당신의 마음이 더 커지는 것을 감당할 수 없었어.

서로의 마음이 길을 잃어 당분간은 아프겠지만
또다시 닿을 수 있는 누군가를 만나지 않을까.

마음이 마음에 닿는다는 것은 때로 축복.
그리고 때로는 잔인한 슬픔. ◆

시
간
이

지
나

알
게

된

것

✦

시간이 지나 알게 된 건

내가 생각한 것만큼

상대는 나의 삶에 관심이 없다는 것

남이 보는 내 모습은

시기와 질투, 부러움과 동정 같은

잠깐의 잡담에 불과하다는 것

시간이 지나 알게 된 건

사람은 껍데기가 아닌

알맹이가 더 중요하다는 것
친절과 배려는 아끼지 않아도 된다는 것

선한 마음은 돌고 돌아
결국, 내게 다시 닿는다는 것

시간이 지나 알게 된 건
나의 가치는 내가 정해야 한다는 것

누군가 세운 기준에 부합하기 위해
스스로 채찍질을 한다는 건
어리석고 불행해진다는 것
비교는 그저 삶을 낭비할 뿐이라는 것

시간이 지나 알게 된 건
더하는 삶이 아닌
덜 하는 삶이 행복하다는 것

쓸데없는 후회도
도움 안 되는 걱정도
필요 이상의 노력 역시 덜 해도 된다는 것

가진 것 없이 태어나

알게 된 것이 있다는 것만으로

충분히 살만한 가치가 있다는 것◆

더하는 삶이 아닌

덜 하는 삶이 행복하다는 것

모든 인연을 소중하게

✦

살면서 배운 건
언제 어디서 인연을 만날지
아무도 모른다는 것

인연이 아니라고 생각했던 사람도
어느 순간 내 곁에 머무를 때가 있고
내 사람이라 믿었던 사람도
한순간 내 시야에서 사라지는 때가 있다

이어지리 해도 끊어지고

끊으려 해도 이어지는 것이 인연

지나치는 인연에
마음을 기울이지 않는다면
인연은 악연으로
악연은 악몽으로

어떤 인연이 우리를 행복하게 만들지
어떤 사람이 나를 위로하고
어떤 사랑이 우리를 보듬을지 알 수 없으니까

인연을 소중하게
사람을 만나는 모든 순간에
열과 성을 다하기◆

꼭
그
렇
게
되
길

✦

나의 모든 인연은
슬프고도
아름다웠다

늘 애틋했던 시작

나의 의지든
상대의 마음이든
인연의 연결고리는
늘 괜찮았다

하지만
끝은 시작과 같지 않다는 것을
이제는 안다

인연은
시작이 아니라 끝이 아름다워야 한다는 걸
그 끝의 마무리는 나의 마음에 달려 있다는 걸
좋은 마무리가 좋은 인연을 만든다는 걸

스쳐간 나의 슬픈 인연들 위에
미래의 나의 인연들은
항상 아름답고 예쁘게 쌓이길

꼭 그렇게 되길 ◆

마음에 최선만을 다하기로

✦

온 마음 다해 누군가를 잡아본 적이 있다
하지만 누군가는 나를 위해
곁에 남아주지 않았다

별생각 없이 누군가를 대한 적이 있다
그런데도 누군가는 나에게
가장 가까운 편이 되어주기도 했다

한편으로는 아팠고
다른 한편으로는 무남스러웠지만

관계라는 게 늘 편할 수만은 없다는 걸
이제는 안다

떠나간 사람의 아쉬움은 묻어두고
남아 있는 사람의 애틋함을 챙겨야 한다는 것 또한
알고 있다

모든 관계가 내 마음만으로는 쉽게
움직이지 않는다는 걸 이해하기에
이제는 그 마음을 조금씩 놓으며 살기로 했다

마음이
마음대로 되지 않기에
마음일 테니

지나간 마음들
다가올 마음들
모든 마음에 최선만을 다하기로
오늘도 다짐한다◆

따
뜻
한

사
람
을

만
나

✦

왜 그렇게
아파하고 힘들어했니

사랑하지 않는 사람에게 먼저 다가가
상처받고 슬퍼했니

따뜻한 사람을 만나

너만 바라보며 아끼는 사람
좋아하는 마음이 미소에 보이는 사람

순간에 최선을 다하고
너의 시간을 배려할 줄 아는 그런 사람

수많은 이유를 들어
상황을 설명하는 사람 말고
먼저 계획을 나누는 사람
먼저 약속을 정하는 그런 사람

분명
누군가 너라는 예쁜 사람을 알아볼 테니
괜한 사람에 시간과 정성을 쏟지 마

조급함으로
외로움은 고독이 되고

성급함으로
사랑이 집착으로 변할 수 있으니까

아무에게나
쉽게 마음 주지 말고
진정 너를 아끼는 사람을 위해
온 마음을 다하길

너는 사랑받을 자격이 충분한 사람이니까

따뜻한 사람을 만나
너처럼◆

따뜻한 사람을 만나

너처럼

작은 별이지만 빛나고 있어

ⓒ 소 윤, 2021

초판 1쇄 발행 2021년 3월 24일
초판 28쇄 발행 2024년 10월 2일

지은이 소 윤
기획편집 양수진
콘텐츠 그룹 정다움, 이가람, 박서영, 이가영, 전연교, 정다솔, 문혜진, 기소미
표지 디자인 장수연
디자인 박도담 @crayon_ddangkong
사진 Jazmin Granada @jazzinseoul
표지 일러스트 제딧 @9jedit

펴낸이 전승환
펴낸곳 책읽어주는남자
신고번호 제2024-000099호
이메일 book_romance@naver.com

ISBN 979-11-970371-5-3